TÂNIA ALEXANDRE MARTINELLI
Ilustrações de Marcelo Martins

Quero ser BELO

5ª edição

Copyright © Tânia Alexandre Martinelli, 2003

Editor: ROGÉRIO GASTALDO
Assistente editorial: KANDY SGARBI SARAIVA
Secretária editorial: ANDREIA PEREIRA
Suplemento de trabalho: ROSANE PAMPLONA
Supervisão de revisão: LIVIA MARIA GIORGIO
Gerência de arte: NAIR DE MEDEIROS BARBOSA
Supervisão de arte: VAGNER CASTRO DOS SANTOS
Diagramação: LUIZ ZAMPIERI
Finalização: ROBSON LUIZ MEREU
Produtor gráfico: ROGÉRIO STRELCIUC
Impressão e acabamento: Bartira

Dados Internacionais de Catalogação na Publicação (CIP)
(Câmara Brasileira do Livro, SP, Brasil)

Martinelli, Tânia Alexandre
    Quero ser belo / Tânia Alexandre Martinelli; ilustrações de Marcelo Martins. — 5. ed. — São Paulo : Saraiva, 2009. —
(Coleção jabuti)

    ISBN 978-85-02-07967-0

    1. Literatura infantojuvenil I. Martins, Marcelo. II. Título. III. Série.

03-0072   CDD-028.5

Índices para catálogo sistemático:
1. Literatura infantojuvenil   028.5
2. Literatura juvenil   028.5

18ª tiragem, 2023

Avenida das Nações Unidas, 7221 – Pinheiros
CEP 05425-902 – São Paulo – SP
Tel.: (0xx11) 4003-3061
www.coletivoleitor.com.br
atendimento@aticascipione.com.br

Todos os direitos reservados à SARAIVA Educação S.A.
CL: 810035
CAE: 571335

*Para Luciana Polline, que me deu a
primeira ideia para escrever esta história.
Para o professor José Leite, um apaixonado
pela Mata Atlântica.
Para Fernanda, Elisa e Júlia, que já são
lindas, mas que vez ou outra acabam
dizendo: "Acho que eu preciso emagrecer...".*

CAPA DE REVISTA

— Você viu como a Giuliana Fontes tá lindíssima nesta revista?
— Cadê?
— Aqui, ó. Dá só uma olhada!
— Puxa! Tá linda mesmo...
— Será que falta muito pra eu ficar igual a ela?
— Hum... Dá uma voltinha pra eu ver.
— Que tal?
— Bom... é pra ser sincera?
— Claro, né!
— Ainda falta um pouco.
— Ai... vou ter que dar um jeito de acelerar o meu regime!
— Ah, Priscila, você não precisa de regime...
— É claro que preciso, Ju! Em vez de você me dar a maior força! Sabe que eu ando gorda mesmo...
— Gorda? Você é que enfiou essas minhocas na cabeça.
— Ah! Quer saber de uma coisa? Não vou mais ficar discutindo com você sobre isso. Me empresta a revista, vai? Nossa! A Giuliana Fontes tá linda mesmo...
— É... bonita ela é, ninguém pode dizer o contrário.
— Pode escrever aí, Ju. Eu vou ficar igualzinha a ela. Pode escrever.

SURPRESA NA CLASSE

Estavam na aula de Biologia. A primeira aula. E todos já tinham notado a novidade. Alguns cochichavam, outros procuravam fazer amizade. Mas foi o professor José que resolveu apresentá-la para toda a classe.

— Esta é a Clara, pessoal.

Todos olharam para ela. Clara deu um discreto sorriso.

Clara veio para o Colégio Dom Olivatto no meio do ano. Não queria, de jeito nenhum, abandonar a sua antiga turma, seus amigos de tanto tempo. Tinham estudado até a oitava série juntos, alguns desde a pré-escola. E, agora, no primeiro ano do ensino médio, fora obrigada a mudar de escola.

Mas não teve outra saída. Seu pai conseguira um outro emprego, bem melhor que o antigo, e o jeito era mesmo mudar de cidade.

— Esta classe é muito legal, Clara — o professor continuou falando. — Tenho certeza de que você vai gostar.

Clara balançou a cabeça em sentido afirmativo e deu outro sorriso.

Clara tinha quinze anos. Era loira, tinha os cabelos levemente ondulados e o comprimento um pouco abaixo dos ombros, todo por igual. Tinha o rosto redondinho, cheio, e olhos verde-acinzentados.

O professor encerrou a apresentação e foi fazer a chamada. O cochicho recomeçou. Maiara, a garota sentada ao lado de Clara, aproximou-se da carteira da menina nova e falou:

— Você vai gostar desta classe, Clara.

— Tomara.

— O pessoal é mesmo muito legal. O professor tá certo.

— É que é difícil começar numa classe bem no meio do ano...

— Mas você vai se adaptar, você vai ver.

— Como é o seu nome?

— Maiara.

— Que bom, Maiara! Acho que já fiz uma amiga!

As duas garotas sorriram.

— Pode contar comigo — disse Maiara.

— Eu vou mesmo precisar. Tenho certeza de que algumas matérias vão estar diferentes.

De repente, o rosto de Clara se transformou. Tinha uma expressão bastante preocupada.

— Não sei como vou fazer para acompanhar — ela disse.

Maiara tentou deixá-la mais tranquila:

— Não vai ser tão difícil, não, Clara. Eu ajudo no que puder, tá bom? Fica fria.

Clara agradeceu. Puxa! Que ótimo ter feito amizade assim, logo de cara! Pelo jeito, ia realmente ser muito bom estudar no Dom Olivatto. Muito bom mesmo!

NO INTERVALO

— O que você achou, Ju?
Priscila e Juliana estavam andando pelo pátio. Juliana comia um lanche que acabara de comprar na cantina. Tinha oferecido um pedaço à amiga, mas ela recusara com um "nem pensar! Estou de regime".
Juliana terminou de mastigar e perguntou:
— Achou o quê, Pri?
— Achou o quê! A menina, é lógico! A tal de Clara.
— Ah!
Juliana deu outra mordida no seu lanche. Estava ótimo! Parecia não estar se importando tanto com a pergunta. Priscila, sim, estava aflita para saber a opinião de Juliana, sua melhor amiga. Por isso insistiu:
— Fala logo, Ju! Achou o quê?
— O que eu achei? Sei lá o que eu achei! Não parei pra pensar nisso, não.
— Você a achou bonita?
— Ah... mais ou menos. Nem prestei muita atenção nisso.
Juliana já tinha aberto a boca para dar outra mordida, quando mudou de ideia. Franziu as sobrancelhas e virou-se para a amiga:
— Por que você tá me perguntando isso, Pri?
— Porque sim, ora essa! Sabe, Ju, eu não achei, não. Aliás, se eu ando meio fora de forma, ela anda o quê, hein? Uma baleia, isso sim!

— Ah, Priscila! Não exagera, vai! Ela só é um pouco mais rechonchudinha... Gorda ela não é.

— Um pouco? Ora essa! Faça-me o favor! E eu sou o quê?

— Você? Ah, Priscila! Ainda tá pensando naquelas bobagens que me disse no outro dia?

— Bobagem? Você fala assim porque é minha amiga. Mas pode ser sincera, Ju.

— Eu não falo isso pra te agradar. É o que eu acho. Você é magra, Priscila.

— Tá bom... — falou Priscila, com cinismo.

Juliana balançou os ombros e voltou a comer o seu lanche. Não adiantava insistir nesse assunto. Quando se falava em estar ou não fora de forma, Priscila não dava uma trégua. Só ela é que estava certa. Mais ninguém.

Priscila mudou de assunto:

— Por que será que o Edu faltou hoje, hein?

— Sei lá... — Depois de uma pausa continuou: — Ele não é de faltar, não é? Vai ver tá doente.

— Tadinho... Queria estar lá, consolando ele...

As duas olharam uma para outra. Priscila fingindo cara de piedade. As duas caíram na risada.

De repente, Juliana lembrou:

— Que pena que ele faltou justo hoje! Deixou de conhecer a menina nova.

Priscila fechou o sorriso. Não gostou do comentário da amiga. Nem um pouco. Na verdade, Priscila era louca por ele e morria de ciúme de qualquer menina que tentasse se aproximar de Eduardo.

— Sorte a dele, Ju — disse Priscila, a cara ainda mais séria.

— Sabe, Pri, já tem tanta menina suspirando por causa do Edu... Será que a menina nova também vai ficar a fim dele?

Priscila aumentou o tom de voz, agora demonstrando estar realmente irritada com as colocações de Juliana:

— Coitada! — falou com deboche. — Ela que não se atreva! Primeiro, que ele não ia dar a mínima. Segundo, que eu sou muito mais bonita que ela. Não sou, Ju?

— Muito. Milhões de vezes.

Priscila ficou calada por um instante. Depois perguntou, segurando o braço da amiga, fazendo-a encará-la de frente:

— Você me acha bonita mesmo, Ju?

— Claro! Você é linda, Priscila.

O ESPELHO

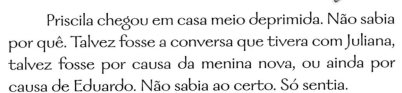

Priscila chegou em casa meio deprimida. Não sabia por quê. Talvez fosse a conversa que tivera com Juliana, talvez fosse por causa da menina nova, ou ainda por causa de Eduardo. Não sabia ao certo. Só sentia.

Olhou na sala, foi até a cozinha, depois ao quarto da mãe. Vazios.

Seu pai estava viajando a trabalho; Robson, seu irmão menor, de nove anos, tinha ficado de almoçar na casa de um colega de escola; e a mãe, naturalmente, não devia ter chegado do trabalho ainda. Isso, se ela viesse almoçar. Já tinha perdido a conta de quantas vezes a mãe ficara direto no trabalho.

Estava mesmo sozinha. Foi para o seu quarto, jogou o material sobre a cama e deitou-se, deixando seu olhar parado no teto, o pensamento longe, pensando em nada. Só um vazio, uma incerteza, uma dor, uma coisa que não sabia explicar, nem definir, mas que de vez em quando vinha bater dentro do peito. Era sempre assim.

Levantou-se e foi até o espelho da penteadeira. Viu uma garota de quinze anos, faltando quatro meses para dezesseis, morena, cabelos lisos e compridos, olhos pequenos e pretos. Até que pela idade era um pouco alta, sim. Gostava de sua altura. O problema estava com o corpo. Não era esse corpo que queria. De jeito nenhum. Não gostava dele.

Priscila continuou olhando para o seu reflexo. Sentiu raiva. Tirou com força a sua camiseta e a calça *jeans*. Virou para um lado, para o outro e depois parou. Ficou olhando sua imagem, examinando-se, apenas de calcinha e sutiã.

Foi até sua cama, onde tinha deixado a revista. Voltou com ela para a frente do espelho. Esticou o braço e olhou para a capa, mais de longe agora. Jogou os cabelos de um lado e de outro e procurou se posicionar do mesmo modo que a modelo. Ajeitou a coluna, enco-lheu a barriga e olhou para sua imagem no espelho. Depois, para a revista.

— Droga! — Desmanchou sua pose e jogou a revista longe.

Priscila escutou um ruído na porta de entrada. Tratou logo de colocar uma roupa. Colocou outra camiseta e um *short*. Quando estava terminando de se vestir, sua mãe abriu a porta.

— Tive um problema no escritório. Não pude sair na hora — ela foi explicando.

— Tudo bem.

— Vem almoçar, filha.

— Não tô com fome, mãe. Comi um lanche na cantina.

— Então vou ter que almoçar sozinha?

Priscila balançou os ombros. Não estava com vontade de fazer companhia para a mãe, apesar de não ter comido lanche nenhum na cantina. Ia aproveitar sua falta de apetite para seguir adiante com o regime. Depois, se sentisse fome, comeria alguma bobagem.

A mãe não insistiu. Fechou a porta e foi almoçar.

EDUARDO E A MENINA NOVA

No dia seguinte, Priscila acordara bem melhor. Não estava deprimida nem nada. Já tinha passado. Só estava com saudades. Morrendo de saudades de Eduardo e não via a hora de chegar à escola e falar com ele.

13

No ano passado, Priscila chegara a ficar com ele duas vezes. Mas era só. Apesar de tudo o que ela fazia, ele parecia não ligar a mínima. E queria tanto não apenas ficar, mas namorar com ele! Era o que mais desejava.

A classe inteira sabia de seu interesse por Eduardo e ele fingia que não sabia.

Assim que chegou à escola, viu Eduardo. Mas ele não estava sozinho. Conversava com Maiara e Clara.

Eduardo tinha acabado de completar dezesseis anos no comecinho do mês. Era moreno, alto, magro, cabelos lisos e castanhos, e tinha olhos verdes. Era muito bonito e, por isso mesmo, um dos garotos mais paquerados da escola toda.

Eduardo, Maiara e Clara estavam rindo e demonstravam estar se dando superbem. Isso deixou Priscila furiosa.

"Ela já está dando em cima do Edu...", pensou alto.

Priscila fechou a cara e foi caminhando na direção deles. Queria acabar logo com a alegria dos três.

— Oi! — ela disse.

Clara respondeu prontamente ao seu cumprimento com um sorriso, mas Priscila não sorriu. Ao contrário, desviou os olhos da garota, empinou o nariz e olhou para Eduardo.

— Você estava doente ontem, Edu?

— Mais ou menos.

— Pensei em te ligar, mas tive que fazer umas coisas e acabou passando...

Eduardo deu um sorriso em agradecimento.

— Tudo bem, Priscila. Já passou. Tive um pouco de febre, achei que fosse me dar uma gripe daquelas.

— Sabe, Edu, você perdeu um montão de coisas.

Eduardo ia abrir a boca para perguntar o que teria perdido, mas não deu tempo. Priscila pegou na mão dele e disse:

— Vem comigo. Eu vou mostrar pra você. Depois, se quiser, eu vou até a sua casa hoje à tarde e te ajudo em tudo.

Priscila foi puxando Eduardo para longe das meninas. Ele ainda olhou para trás e deu um sorriso de despedida, até meio sem graça.

Quando ele já estava longe, Clara disse:

— Puxa... Ela nem falou com a gente...

— É bom você ir se acostumando com a Priscila. Ela é assim mesmo.

— Acho que ela não foi com a minha cara — concluiu Clara.

— Não! Não é nada com você, não!

— Não? — Clara fez cara de espanto.

— Não — Maiara resolveu desfazer o mal-entendido. — Todo o mundo sabe que a Priscila é a fim do Eduardo há um tempão.

— Ah, é? Então foi por isso que...

— Aqui no colégio tem muita menina atrás dele. Ele é lindo, não acha? É por isso que ela fica louca.

Clara fechou a boca. Não disse mais nada. Só ficou pensando.

15

As duas foram caminhando devagar, em direção à classe. Clara sentiu vontade de fazer uma pergunta à amiga:

— Você disse que tem muita menina atrás dele. — Ela parou de falar um instante. — Só porque ele é bonito?

— E você acha pouco? — Maiara parecia espantada com a pergunta, a qual lhe soava como um tremendo absurdo.

— Não é só isso que conta — disse Clara, demonstrando bastante certeza sobre aquilo que pensava.

— Tá, mas ele é um cara legal também.

Clara fez um gesto de aprovação com a cabeça.

— Isso é o mais importante.

O sinal acabara de bater. O pessoal começava a se retirar do pátio para entrar em suas salas de aula, mas ninguém tinha muita vontade de ir. As férias tinham terminado há poucos dias e todos queriam que elas se estendessem por mais um tempo.

Só que também havia os reencontros, a saudade dos amigos que já ia ficando para trás, a montanha de novidades para contar... Sem falar na excursão que, dentro de poucos meses, ia acontecer. A ansiedade era geral.

No final das contas, era muito bom poder estar de volta.

— Você também é a fim dele? — Clara perguntou de repente, enquanto Maiara cumprimentava todo o mundo que passava.

— Eu? — Ela olhou assustada para a amiga.

— É. Você disse que aqui no colégio tem um montão de meninas a fim do Eduardo. Você também?

Maiara já ia perguntar de onde é que ela tinha tirado aquela ideia, mas o olhar firme de Clara deixou-a desconcertada. Não ia conseguir mentir.

Maiara deu um suspiro e balançou os ombros.

— Desisti já. Faz um tempo.

Clara riu. Quanta bobagem! Ficar a fim de um menino só porque ele é bonito! Está certo que a beleza foi feita para ser admirada, mas, como ela própria tinha dito à Maiara há pouco, não era a coisa mais importante.

Mas Clara podia perfeitamente entender. No seu antigo colégio, era a mesma coisa. O garoto do terceiro ano. As meninas da sua classe ficavam babando. Era uma fila de meninas querendo sair com ele.

Clara achava tudo isso uma tremenda bobagem.

— Não acho que as pessoas devam se ligar demais nessas coisas de aparência — falou Clara. — Só porque ele é bonito tem um monte de garotas atrás dele. Vai ver nem conhecem direito a pessoa.

— Eu não tô mais — defendeu-se Maiara rapidamente.

Clara e Maiara tinham acabado de chegar à porta da sala de aula. Clara deu uma olhada para dentro e viu Priscila e Eduardo no fundo da classe conversando. Em seguida, virou-se para a amiga:

— A beleza não é a coisa mais importante no mundo.

PESQUISA DE ECOLOGIA

Num certo dia, depois de algumas semanas, Eduardo estava em seu quarto ouvindo música, quando sua mãe veio avisar:

— Tem uma amiga sua aí fora.

Eduardo tirou o fone do ouvido.

— Quem?

— A Priscila.

Eduardo deu um suspiro e a mãe, uma risadinha. Já conhecia Priscila, ela vivia ligando para o filho.

Ele se levantou sem muita pressa e foi até a sala. Priscila sorriu assim que o viu. Um sorriso bonito e cheio de amor.

— Tudo bem, Edu? — Ela lhe deu um beijo no rosto.

— Tudo. E você?

Ela fez um sinal com a cabeça.

— Também.

Eduardo reparou que ela tinha trazido seu caderno.

— Tá fazendo o que com esse caderno, Priscila?

— Ah, eu tô precisando da sua ajuda, Edu. Sabe aquela pesquisa que o professor José pediu para fazer?

— Claro. Eu até já comecei a ler algumas coisas...

Priscila não o deixou terminar a frase:

— Desculpe vir sem te avisar, Edu, mas eu não achei nada na minha casa. Podemos fazer a pesquisa juntos?

Eduardo sentia que isso nada mais era do que uma das muitas desculpas que Priscila vivia arrumando para ficar com ele. Sempre que podia achava uma maneira de cair fora, mas, pelo jeito, neste dia ia ser difícil. A menos que falasse de uma vez por todas que não queria nada com ela. Que simplesmente não estava a fim. Se ele soubesse que essa pegação no pé fosse acontecer, jamais teria ficado com ela no outro ano.

— Vamos lá no meu quarto — ele disse, finalmente. — Minhas coisas estão todas lá.

Numa de suas aulas, o professor José, de Biologia, entregou para os alunos um texto sobre o homem e a preservação do meio ambiente. Pediu para que eles fizessem uma pesquisa e trouxessem, para a próxima semana, artigos de jornais e revistas que viessem complementar as ideias do texto.

Eduardo tinha recortado da seção de turismo do jornal do último domingo uma reportagem sobre a Amazônia. Ele ia achando o máximo tudo o que lia, aliás, pela segunda vez, porque no próprio domingo Eduardo já tinha devorado toda a notícia. Esse era um dos assuntos que ele mais amava ler. Mas percebia, de leve, que Priscila fazia, a cada pouco, uma cara de enjoada.

— Sabe, Edu, eu acho que as pessoas andam ficando mesmo é loucas da cabeça — ela disse, em certo momento da leitura.

Eduardo estranhou:

— Mas por quê, Priscila? Qual é a loucura em se fazer turismo na Amazônia?

Priscila demonstrou pouco-caso:

— Tanto lugar, tanta coisa gostosa pra se fazer...

— Mas é legal tudo isso, Priscila! Ora! Se é!

— Legal? Descer de barco o rio Amazonas durante horas e horas pra depois ainda andar alguns quilômetros no meio do mato, se enfiar em grutas e cavernas escuras... Pra quê? Arriscando a própria pele! Vai me dizer que isso não é uma insanidade?

— Priscila, você já imaginou a gente dentro de uma caverna dessas que você falou e encontrar, por exemplo, um sinal de que alguma civilização antiga passou por lá?

— Credo, Edu! — Priscila falou, horrorizada. — Eu não quero nem saber disso!

— Mas hoje em dia as pessoas estão cada vez mais querendo se sentir parte da natureza, Priscila! E não é isso que somos? Parte da natureza?

Priscila, incrédula, balançou a cabeça para um lado e para outro. Depois, concluiu, cheia de razão:

— Eu não concordo com nada disso. A natureza, o meio ambiente, é uma coisa, nós somos outra.

— Você não está entendendo, Priscila. Nós fazemos parte do meio ambiente. Não é uma coisa separada.

— Ah, Eduardo! Tenha a santa paciência! O que nós temos a ver com isso tudo que você leu? Nós vivemos aqui na cidade, não no meio do mato!

Eduardo balançou a cabeça e suspirou. Priscila não estava entendendo nada do que ele estava querendo dizer quando se referia ao homem e ao meio ambiente. Era por causa de pensamentos desse tipo que tanto já se havia devastado na natureza.

Tentou novamente, voltando ao assunto da reportagem:

— É que você nunca fez uma viagem dessas, Priscila. É por isso que não consegue entender. É difícil explicar, mas, quando a gente está num lugar assim, contemplando a natureza, a flora, a vida selvagem... Ah, Priscila! Você se sente parte de tudo isso, parece que a vida realmente faz sentido, a gente fica conectado com o universo...

Eduardo parou de falar e olhou para Priscila. Ela estava com uma cara de quem não ligava a mínima para aquilo que ele falava com tanta emoção.

— A vida, pra mim — ela disse, pausadamente —, só faz sentido com você.

Eduardo mudou a expressão do rosto, ficou meio sem graça.

— Priscila...

Ela se aproximou mais. Tirou a reportagem das mãos dele, colocando-a num canto e juntou as mãos de Eduardo contra as suas.

— Mas é verdade, Edu! De que adianta você ficar falando em sentido de vida, em se conectar com o universo... Você é o meu mundo, Edu. Sem você nada tem graça.

Eduardo não falou nada, Priscila também ficou quieta. Apenas continuou olhando os seus olhos. Uns olhos verdes lindos. Tinha tanta recordação explodindo dentro dela! Tanta coisa boa!

Por que Eduardo não podia se sentir assim também? Aquele silêncio fazia o seu corpo estremecer. Estava louca para agarrá-lo e lhe dar um beijo. Um beijo apaixonado, cheio de amor, como Eduardo provavelmente nunca tinha experimentado outro igual. Não de alguém que o amava tanto.

Eduardo a fazia sentir tanta coisa como nunca tinha sentido por nenhum outro garoto. E Priscila queria muito Eduardo, muito mais do que simplesmente ficarem juntos como no ano passado. No ano passado... quanto tempo já sem Edu...

— Você se lembra de quando ficamos juntos, Edu? — Priscila resolveu quebrar aquele silêncio. O coração parecia que ia sair do peito de tão acelerado.

Ele deu um suspiro antes de responder.

— Claro que eu me lembro.

— E não foi bom?

— Foi, Priscila. Foi bom, sim.

— Então? Por que você não me procurou mais?

— Priscila...

— Eu amo você, Edu — falou com doçura. Não queria mais ficar ocultando um sentimento tão sincero e profundo. Suas mãos estavam quentes, ela por inteiro se sentia assim. Por isso falou, tinha que falar: — Eu queria ficar com você. Mas não de vez em quando como acontecia. Queria ficar sempre, todos os dias. Sempre, Edu.

Priscila não deixou Eduardo responder. Não era hora de ouvir coisa alguma. Era hora de deixar seus desejos falarem mais alto. Queria um beijo seu. Queria sentir o mesmo gosto que sentira há tanto tempo. Foi por isso que, num impulso, colou sua boca na dele.

Eduardo a beijou com paixão também, deixando-se levar por aquele clima. Era difícil falar alguma coisa numa hora daquelas. Ia falar o quê? Que não a amava? Não queria magoá-la. Mas também não achava justo ficar com ela só por pena.

Às vezes era isso mesmo que os seus amigos lhe falavam. O que é que tinha de mais ficar com ela? Se era isso que ela queria, ora!

Será que os amigos estavam certos? Afinal, Priscila era uma tremenda gata! E gostava realmente dele. O que mais poderia querer? O que mais poderia desejar?

Depois do beijo, Priscila o abraçou forte. Fechou os olhos e deixou a cabeça cair em seu ombro. Uma sensação tão gostosa... O coração acelerado, o gosto de Eduardo ainda em sua boca... Queria ficar assim para sempre. Seria muito bom.

— Fica comigo, Edu! — pediu, apertando-o ainda mais forte contra si mesma, a emoção quase explodindo dentro do peito. — A gente se dá tão bem!

Eduardo procurou medir as palavras, colocou delicadeza em cada uma delas, como se isso pudesse abrandar o que achava que tinha de lhe dizer:

— Priscila, eu não quero magoar você, mas eu gosto de você apenas como amiga.

24

Ela se afastou um pouco dele e o encarou.

— Por quê, Edu? Não sou bonita o suficiente pra você?

Eduardo deu um sorriso. Achou que Priscila estivesse brincando.

— Claro que você é bonita! Não é isso.

Mas Priscila não estava para brincadeiras. Eduardo devia saber disso. Ela alterou o tom de voz:

— Se você não quer ficar comigo é porque eu não sou. Se eu fosse bonita, você ficava.

— Não se trata disso, Priscila! Deixa de ser criança!

— Criança? Agora eu sou criança! — Ela foi aumentando ainda mais o tom de sua voz. — Pode falar, Edu. Você acha que eu não mereço você. Que eu não estou à sua altura. Tudo bem, eu queria ser mais bonita, ser mais magra...

— Não é nada disso, Priscila! Agora você tá delirando!

— Não tô delirando coisa nenhuma! — disse, quase aos gritos. Pouco lhe importava se a mãe de Eduardo ouvisse e viesse ver o que estava acontecendo. Mas é claro que ela não viria. Ela era muito discreta. Perguntaria ao filho depois.

Priscila juntou suas coisas. Antes de sair do quarto, ela disse, já mais calma:

— Se eu emagrecer, Edu, você fica comigo?

Eduardo achou aquela pergunta um tremendo absurdo.

— Que maluquice é essa, Priscila?

Ela não respondeu. Virou as costas e saiu, batendo com toda a força a porta do quarto.

MUSCULAÇÃO

O suor molhava a camiseta, o cansaço começava a dominar o corpo de André, mas nem uma coisa nem outra faziam com que ele sentisse vontade de parar. Não. Ainda faltavam algumas séries para terminar o seu dia na academia.

André procurava trabalhar de acordo com as instruções do seu professor. Sabia que alguns músculos, como o grupo dos peitorais, pernas e costas, só podiam ser exercitados dia sim, dois não, enquanto braços e abdome precisavam apenas de vinte e quatro horas de repouso.

— Os músculos só inflam graças a pequenas lesões que os exercícios provocam — explicou o professor, logo que ele começou a fazer academia, há mais ou menos uns três meses. — É preciso esse período de descanso para os músculos se regenerarem. Não adianta querer apressar as coisas. É preciso paciência, viu, André?

— Tá certo, professor — concordara André naquela época.

Paciência. Essa era a palavra-chave. Ultimamente andava ficando mais ansioso pelos resultados. Às vezes, quando se olhava no espelho, não via tantos progressos.

Esperava mais. Afinal, já fazia três meses que treinava praticamente todos os dias!

André tinha dezessete anos. Era um dos garotos mais velhos de sua turma de escola. Loiro, alto, olhos castanhos, também podia-se dizer que ele já estava, graças aos seus treinos de musculação, ficando mais forte do que no ano passado, quando se considerava magro demais. Procurava não descuidar da sua alimentação, seus músculos já se mostravam mais bem definidos, e, aos poucos, o pessoal da classe, pelo menos os amigos mais próximos, ia notando as mudanças. E isso era uma coisa que o deixava realmente feliz. Só não ficava mais porque o seu corpo ainda estava longe de ser como aquele que sonhava.

André terminou a série de exercícios que faltava. Enxugou o suor do rosto com a toalha e virou a garrafa de água garganta abaixo, tomando tudo o que ainda restava.

— Já terminou, André? — perguntou o professor, aproximando-se de seu aluno.

André fez um sinal de positivo com a cabeça.

— Já tô indo, professor. Até amanhã.

— Até amanhã.

André colocou a toalha nas costas e foi se dirigindo à saída. Um rapaz, aparentemente de uns vinte anos, entrou e passou por ele. André o acompanhou com os olhos e viu quando ele se dirigiu a um dos aparelhos e começou a se exercitar.

O rapaz era bastante forte. Muito mais do que ele, aliás.

"Nossa!", pensou André. "Será que já faz muito tempo que esse cara faz musculação?"

André ainda ficou um tempo perdido nos seus pensamentos, admirando o corpo escultural daquele rapaz que, até o momento, era desconhecido para ele. Nunca antes o tinha visto na academia.

De repente, lembrou-se da pesquisa de Ecologia do professor José. Ainda não havia procurado nada e tinha de entregar o trabalho no dia seguinte.

"Por que é que o professor não mandou a gente pesquisar sobre o corpo? Puxa! Ia ser muito mais fácil, com a quantidade de revistas que eu tenho lá em casa. Que droga!", pensou André, deixando a academia e se esquecendo por algum tempo daquele musculoso rapaz.

DEPRESSÃO

Priscila chegou em casa chorando. Foi para o seu quarto, jogou seu material com toda a força no chão e agarrou o travesseiro.

Robson viu a irmã chegar, mas não sabia se devia ir ou não falar com ela. Priscila andava tão estúpida ultimamente!

Quando a mãe chegou, ainda insistiu para que a filha fosse jantar, mas Priscila disse à mãe que estava sem fome.

Mônica acabou concordando. Quantas vezes também não tinha ficado assim quando adolescente? Às vezes por causa de uma briguinha na escola, ou alguma desilusão com algum paquera. Entendia bem tudo isso. Já tivera essa idade. Aliás, quando conversava com suas amigas sobre os filhos adolescentes, ficava feliz em afirmar que com a Priscila, por enquanto a única adolescente da casa, estava tudo indo muito bem. Conseguia compreender essas crises próprias da idade, pois se lembrava da sua adolescência. Era só ter um pouco de paciência que tudo passava. Tudo.

Só que a depressão de Priscila não passou com a noite como da outra vez. Acordou mal, triste, os olhos inchados de tanto chorar. E, além de tudo, sentia-se fraca, sem resistência. Não tinha condições de se levantar e ir à escola.

Mônica achou que a filha já tinha passado tempo demais no quarto. Ia agora faltar na escola também?

— Por quê, Priscila? Aconteceu alguma coisa?

— Não aconteceu nada, mãe. Só me deixa dormir.

Priscila cobriu a cabeça com o lençol e apenas falou:

— Quero ficar quieta no meu canto. Vou faltar hoje, mãe, já resolvi.

Mônica deu um suspiro. Olhou no relógio. Estava atrasada. Se a filha não queria ir, era melhor deixar. Só por hoje, e depois, quando voltasse do trabalho na hora do almoço, iam ter uma conversa de qualquer jeito. Prometeu isso para a filha e para si mesma.

Na escola, Eduardo não pôde deixar de notar a ausência de Priscila. Ainda mais depois do que tinha acontecido. Será que ela ainda estava brava?

Assistiu às aulas até o intervalo e só quando foram para a cantina que resolveu contar a João e Felipe, seus melhores amigos, o que tinha acontecido em sua casa, sobre o acesso de raiva que acometera Priscila quando ele lhe dissera que não queria nada com ela, a não ser amizade.

— Sabe, cara, eu não entendo você. Uma gata daquelas e você tirando o corpo fora — disse João, enquanto a atendente da cantina pegava a ficha de sua mão e lhe passava um refrigerante.

— Pô, João! Eu já falei pra você um milhão de vezes. Eu não gosto dela! — Eduardo falava com toda a sinceridade do mundo.

— Ah... Se fosse comigo... — sonhou Felipe. Várias vezes ele já tinha tentado ficar com Priscila, mas de que jeito? A garota só tinha olhos para o amigo!

Eduardo também pegou um refrigerante e foram dar uma volta. Pararam na quadra e continuaram conversando.

Depois de tomar um gole, Eduardo explicou aos amigos:

— O caso é que eu não acho certo ficar enganando.

— Não tem essa de enganar — insistiu João. — É ela quem tá querendo, Edu!

Eduardo balançou a cabeça, categórico:

— Não tô a fim.

João fez uma careta:

— Acho que você devia pensar melhor. O pessoal fica comentando.

— Comentando o quê? — estranhou Eduardo.

— Ô, João! — disse Felipe. — Deixa o cara quieto!

— Posso saber o que é que andam comentando? — perguntou Eduardo, bastante sério.

— Comentando — reafirmou João. — A menina tá a fim. Nada mais natural você ficar com ela. Ainda se a Priscila fosse feia... Mas uma gatinha daquelas!

Eduardo olhou feio para João.

— Ah, João! Que bobeira, meu! Tem outras meninas na escola. Não existe só a Priscila.

Clara e Maiara passaram pelos três. Cumprimentaram-se, mas não pararam para conversar. Eduardo acompanhou as duas com os olhos, sendo interrompido pela fala de João:

— A Maiara também é uma gatinha.

— É — Eduardo concordou.

— Agora ela tá amiga da menina nova. A Clara — disse Felipe.

— Gostei do jeito dela.

— De quem, Edu? — perguntou Felipe.

— Da Clara, ué!

— Ela não é tão bonita. Meio gordinha. Gosto das meninas mais magrinhas — falou João.

— Eu não estava falando disso. — Novamente Eduardo fez cara de reprovação. — Achei a Clara legal, isso que eu quis dizer. Nós conversamos algumas vezes.

— Tá querendo ficar com ela?

Eduardo olhou espantado para João.

— Você só pensa nisso, João?

— O que mais de bom tem pra pensar? Em escola? Em quê?

Felipe riu. Dos três, João era o mais interessado nesses assuntos.

— Em amizade, por exemplo — respondeu Eduardo, pausadamente. — Já tirou essa palavra do seu vocabulário?

— Não, é claro.

— Ah, bom.

— Mas que ficar é bem melhor, isso é.

O ESPELHO, NOVAMENTE

Mônica teve uma surpresa quando chegou em casa na hora do almoço e se dirigiu até o quarto de Priscila para saber como ela estava.

O espelho da sua penteadeira estava quebrado em vários pedaços. Todos espalhados pelo chão.

Mônica ficou assustada, mas a filha parecia normal. Deitada na cama, lia, tranquilamente, uma revista.

— O que aconteceu, Priscila? — perguntou, assustada.

— Nada.

— E o espelho, menina?

— Quebrei esse maldito espelho. Daqui por diante, não quero mais espelhos no meu quarto.

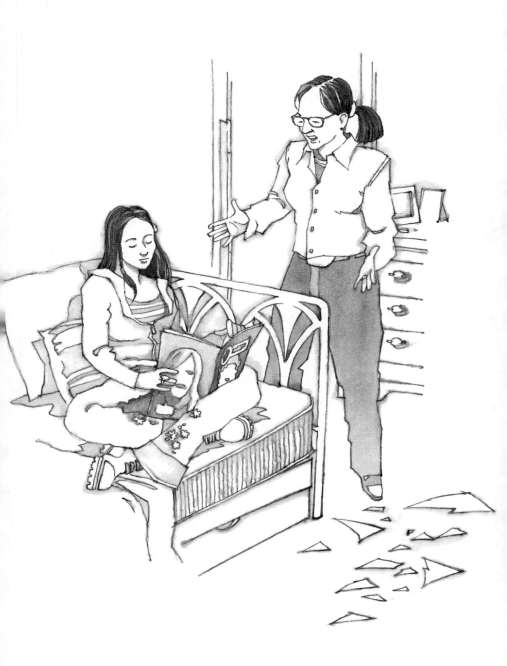

— Você o quê? Ai, meu Deus, Priscila! O que é que tá acontecendo com você, minha filha?

Priscila folheava a revista mais rapidamente. Era uma atitude automática, virava cada página sem prestar a menor atenção.

A mãe fechou a porta e foi se sentar na cama, perto dela.

— Você viu como a Giuliana Fontes está linda nesta revista, mãe?

— Quem?

— A Giuliana Fontes. — Priscila tirou os olhos da revista e encarou a mãe. Fez uma cara de total espanto. — Vai me dizer que você não conhece? A modelo, mãe! A modelo mais linda do Brasil! Tá ganhando milhões com os desfiles, as fotos... Puxa! Ela tem a vida que eu pedi a Deus.

— E desde quando você quer ser modelo?

— Desde nunca, né, mãe. Como é que eu posso ser modelo com esse corpo horrível que eu tenho?

— Horrível?

— Você não vê como eu tô gorda?

— Gorda, Priscila? — A mãe fez uma cara de quem estava escutando o maior absurdo. — Aliás, eu ia até mesmo falar... Acho que você emagreceu, filha. Não anda se alimentando direito?

Priscila largou a revista e deu um pulo na cama.

— Emagreci? Jura?

— Acho que sim. Está com o rosto mais fino... Por acaso você anda querendo emagrecer, Priscila?

Priscila, por um momento, achou que a mãe parecia preocupada. Não tinha certeza de que deveria falar que queria emagrecer. Depois, era bem capaz de ela colocar o Robson para vigiá-la.

"Era só essa que me faltava!", pensou. "O Robson me vigiando na hora do almoço para saber se eu comi ou não..."

Era melhor não deixar a mãe preocupada. Ela sabia se cuidar e cuidar do seu regime também. Ia fazer tudo direitinho, do jeito que achava certo. Café da manhã: uns dois biscoitinhos já estava bom. Almoço: só salada, é claro. Talvez um pedaço de carne. Bem magra, é lógico. Jantar: salada outra vez. E a sobremesa? Pensou de repente, já que era louca por pudins e *mousses*. Balançou a cabeça, respondendo à própria pergunta: "Nem sonhando".

— Não tô querendo emagrecer, não, mãe... — resolveu falar com uma voz melosa. — Já tá bom assim, não?

— Claro que está! — Mônica deu um sorriso. — Você já é tão magrinha! Eu, sim, ando precisando de um regime. Já falei pro seu pai, neste mês eu começo sem falta a fazer academia.

— Escuto você falar nisso desde que sou pequena.

— Verdade? Será que já faz tanto tempo assim que eu prometo que vou fazer regime?

Priscila balançou a cabeça em sentido afirmativo.

— Eu posso ir junto com você na academia, mãe?

— Pra quê?

— Ah... Queria fazer musculação, ficar mais durinha... Tem uma porção de gente na minha classe que faz. Se você deixar...

— Ficar mais durinha, Priscila! — A mãe riu, interrompendo as colocações da filha. — E desde quando o seu corpo está mole? Espera precisar de verdade, aí você vai.

Priscila reclamou, mas depois acabou concordando com a mãe. Não pediu mais, mesmo porque não ia adiantar. Então, começou a falar das matérias sobre o corpo que lia nas revistas, sua leitura preferida, quais os aparelhos mais avançados, os resultados mais rápidos.

A mãe ficou até animada, ouvindo tudo o que a filha falava. Achou que Priscila estava querendo ajudá-la a escolher um programa de ginástica, aquele que fosse o melhor. Nem percebeu que a filha estava ficando por dentro demais de tudo o que dizia respeito a estética. Simplesmente achou que eram apenas curiosidades que lia nas revistas nas horas vagas. Mas não era. Aquele assunto estava simplesmente se tornando o seu preferido.

De repente, Mônica lembrou-se:

— E esse espelho aí? — Apontou para os cacos no chão.

— Ah, mãe... Esquece isso. Bobeira minha. Amanhã vou numa loja e compro outro.

Mas Priscila não ia fazer isso. Não queria nem saber de se olhar no espelho. Não enquanto não ficasse com o corpo igualzinho ao de Giuliana Fontes.

O RAPAZ DA ACADEMIA

Pouco antes de André deixar a academia, o mesmo rapaz do outro dia chegou. Viu quando ele cumprimentou seu professor e foi até o aparelho ao lado do seu.

O cara até parecia bem simpático. Antes de começar o seu treino, olhou para André e foi logo perguntando:

— E aí, tudo bem?

— Tudo bem — respondeu André.

Os dois não se falaram mais. Cada um estava ali para dar tudo de si, a fim de deixar o corpo cada vez mais bonito e sarado, num modelo de beleza a ser seguido e admirado por todos. Era por isso que estavam ali. Buscavam, acima de tudo, a perfeição física. Era a única coisa que realmente importava.

Antes de André mudar de aparelho, resolveu tirar uma dúvida. Esperou que o rapaz olhasse para ele e perguntou:

— Faz tempo que você faz musculação?

— Uns oito meses mais ou menos — respondeu, sem parar de se exercitar.

— Nossa! — André não conseguiu segurar o seu espanto. — É que... os seus músculos estão bem malhados.

37

O rapaz deu uma risadinha de satisfação.

— Tô perguntando — continuou André — porque eu já faço há três meses e pra eu chegar a ficar assim... parece que ainda falta muito.

O rapaz deu uma paradinha, uma vez que tinha terminado a sua série. Respirou fundo e soltou todo o ar de uma só vez. Enxugou com a toalha o suor da testa e se ajeitou melhor no aparelho, encarando agora André de frente.

— Como é seu nome?

— André. E o seu?

— Marcelo. Sabe, André, não adianta ficar só malhando, não. Tem que tomar algumas coisas pra ajudar, você me entende?

— Ah, é?

— Claro! Senão você pode morrer de malhar que nunca vai ficar assim. — Marcelo deu uns tapinhas no seu braço, fazendo questão de mostrar o volume dos bíceps.

André não falou nada. Só ficou pensando: "Será?"

Será que ele estava perdendo tempo e nunca ia chegar a ficar sarado como o Marcelo, por exemplo? Ainda estava tão longe de ter o corpo que idealizava e que povoava a sua imaginação o tempo todo! Aquele corpo perfeito, aquela escultura delineada, moldada e até mesmo, por que não dizer, controlada por ele! Estava distante disso tudo. Muito distante. Ainda precisava ficar mais forte, bem mais forte. Precisava crescer.

O rapaz continuou com os exercícios e André mudou de aparelho. Ao se afastar, ele deu uma rápida olhada para Marcelo, que ainda malhava. Este não parecia nem um pouco preocupado com o que passava pela sua cabeça. Parecia ser um cara que sabia das coisas, que sabia bem o que queria.

Num certo momento, quando o professor estava orientando-o num dos aparelhos, André resolveu perguntar:

— Carlos, eu estava pensando... A gente podia ver alguma coisa pra acelerar um pouco os resultados...

— Se você está falando em anabolizantes, esqueça, André. Você não é a primeira nem será a última pessoa a me perguntar sobre o que eu acho, se eu tenho para vender... Esqueça, André. — O professor foi enfático. — É um conselho que te dou.

— Mas eu podia tomar alguma coisa... não tão forte, é claro, só pra ajudar. Sabe, Carlos, eu tenho a impressão de que nunca vou chegar a ficar com o corpo que estou imaginando.

— E qual é o corpo que você imagina, André? Você não pode ter como parâmetro aqueles fisiculturistas que vê na televisão ou ainda aqueles jogadores de futebol americano. São todos anabolizados.

André não disse nada. O professor Carlos continuou falando:

— Essas drogas todas têm muitos efeitos colaterais. Você pode morrer, André, e eu não estou exagerando.

Mas André achou que o professor Carlos estava era fazendo isso mesmo: exagerando. Ia até falar para ele, porém o professor não deixou, obrigando-o a ouvir as suas últimas palavras:

— Respeite o limite do seu próprio corpo. Os resultados virão, sim, mas tudo dentro do limite. Não queira forçar uma situação. Trabalhe com a realidade, André.

IDEIA FIXA

Mais de um mês se passou e Priscila continuava com a ideia fixa de emagrecer. Pensava e falava ainda mais sobre o assunto. Dietas, exercícios, malhação. Se não podia fazer academia, então ia fazer em casa mesmo.

Comprou a última revista *Top*, que trazia como brinde uma fita de vídeo. Um programa inteirinho sobre como ficar mais bonita e elegante em quatro semanas.

Quatro semanas! Era tudo o que precisava. Se Eduardo não ficasse com ela depois de tudo isso, aí sim, ele só poderia ser louco mesmo.

Contou seus planos para Juliana, enquanto estavam indo para a escola juntas.

— Vou ficar igualzinha a Giuliana Fontes. Escreve aí, Ju.

— Esquece a Giuliana, Priscila. Ela nem parece gente de verdade!

— Como? — Nunca tinha ouvido tamanha idiotice.

— É isso mesmo! A gente só vê essa moça nas revistas.

— E daí? Você acha que é possível a gente topar todos os dias nas ruas com uma garota como ela?

— Por isso mesmo. Não tem nada que querer ficar parecida com ela. Ela é para as revistas. Nós, não.

— Olha aqui, Ju, você anda tão chata!

— Você é que anda! — bronqueou a amiga. — Já reparou que não muda o assunto? É sempre o mesmo! "Vou ficar igualzinha a Giuliana Fontes..." — Juliana fez uma voz fina e enjoada, tentando imitar a amiga. Era só uma brincadeira, mas Priscila ficou realmente brava.

— Você não é mais minha amiga, viu, Juliana? Bem diferente da "Giuliana" — deu uma entonação diferente na voz quando pronunciou o nome da modelo.

— Ah! — Juliana virou as costas e deixou Priscila.

— Quando eu ficar linda, quero ver se ela não vem correndo me pedir desculpas... Quero ver...

DISCUSSÕES

Priscila entrou na sala de aula com a cara amarrada. A professora de Educação Física já estava até terminando a chamada. Ela se desculpou pelo atraso e se sentou ao lado de André. Não queria nem passar perto de Juliana.

— Tudo bem, Priscila?

— Mais ou menos, André. Mais ou menos.

Os alunos começaram a se levantar, preparando-se para ir até a quadra, como sempre faziam. André e Priscila acabaram ficando para trás, saindo um pouco à frente da professora.

Eles andavam devagarzinho, concentrados numa conversa.

— Quem não cuida do corpo não gosta de si mesmo. Acho que você tá muito certa sim, Priscila, em tudo o que me disse.

— Que bom que pelo menos alguém nesse mundo me entende.

— Sabe, Pri, quando eu me olho no espelho e vejo alguma coisa que eu não gosto, dou logo um jeito de consertar.

— Como assim, André? — Priscila demonstrava bastante interesse na conversa.

— Ora! Vou pra academia e malho até ficar do jeito que eu gosto.

— Ah... Mas você já tem um corpo tão bonito! Aliás, André, eu tenho reparado. Puxa, você tá com um corpo sarado pra caramba! Parece que nesses últimos tempos você ficou até mais musculoso! Tá superbonito!

André ficou orgulhoso.

— Tenho me esforçado — disse, pensando logo em seguida em como tudo estava valendo a pena.

Cada vez que André se olhava no espelho, sentia-se imensamente feliz. Como não ficar feliz quando via em sua imagem os músculos que tanto idealizara ter?

Claro, ainda precisava crescer mais, mas já estava muito mais feliz agora. E era essa felicidade que o professor da academia parecia não entender. Paciência.

Priscila voltou ao assunto:

— Ai, André, se a Juliana me entendesse... Eu não queria brigar com ela!

— Sabe, Priscila, às vezes temos uns amigos que não entendem mesmo a gente. O melhor é você fazer amizade com quem curte as mesmas coisas que você.

— Mas a Juliana...

— Olha, quer um exemplo? Um tempo atrás, eu conheci um cara na academia, o Marcelo, que é superlegal. Gente fina mesmo. A gente curte musculação, gosta de conversar sobre os exercícios, enfim, sobre os mesmos assuntos. Temos muita coisa em comum. Aí não tem essa de ficar falando que o outro tá enchendo com esse ou aquele papo. Tá ligada?

— Certo. Só que eu e a Ju sempre nos demos bem, André! Ah! Quer saber? Deixa a Juliana pra lá um pouco. Me fala de você. Você vai todo dia à academia?

A professora de Educação Física finalmente alcançou os dois, escutando assim parte da conversa.

— Lógico! Não pense você que dá pra descuidar. Um dia sem malhação já não fica mais a mesma coisa.

— Eu ando fazendo exercícios na minha casa. Estou até usando a esteira da minha mãe. Ela comprou, mas fica lá, largada num canto. Minha mãe trabalha demais, não tem tempo pra essas coisas. Apesar de ela jurar que "neste mês eu vou começar com os exercícios".

André riu. Já tinha cansado de ouvir promessas desse tipo, de muitos amigos da classe, inclusive.

— Pra malhar eu acho tempo, Pri. Gosto de cuidar de mim.

— Sabe, acho que vou aumentar o meu tempo na esteira...

A professora Deise colocou a mão no ombro do seu aluno.

— Então, nós temos aqui duas pessoas bastante preocupadas em fazer uma atividade física, em cuidar da saúde...

— É, Deise — concordou André —, eu estava justamente falando pra Priscila que a gente tem que se cuidar, senão o corpo fica um horror...

Os três deram uma paradinha. Tinham chegado à quadra e ficaram próximos a um grupinho de alunos.

— Tudo bem — Deise concordou —, mas o mais importante é a saúde, sempre respeitando o limite do próprio corpo. A gente não deve se esquecer que manter a saúde física e mental é o fundamental em qualquer atividade.

— Malhar faz bem pra saúde — disse Priscila.

— Mas muita malhação também pode fazer mal, pode acarretar uma série de problemas para o organismo. Você acaba deixando o corpo estressado.

Maiara e Clara se aproximaram da professora. Queriam perguntar quais os times de handebol que iriam jogar primeiro.

— Ah, Deise — continuou Priscila —, mas você deve estar falando daqueles atletas...

— Não, Priscila. Estou falando de pessoas comuns mesmo, que acabam ficando viciadas em malhação. Sabia que até malhar vicia?

— Nossa! Eu nunca tinha ouvido falar numa coisa dessas! — disse Maiara, admirada.

— Mas é verdade, Maiara! — falou Clara, entrando no assunto também e com bastante entusiasmo. — Eu li sobre isso em uma revista num outro dia mesmo! As pessoas ficam tão preocupadas em ter um corpo bonito que acabam cometendo um monte de exageros. — Ela virou-se para a professora. — Não é verdade, Deise?

— É claro! — ela respondeu.

Priscila ficou louca da vida. Que é que a Clara tinha que entrar na sua conversa com o André e a professora? Que menina mais intrometida, santo Deus!

— Quem é que te chamou aqui, Clara? — Priscila disse, num tom bastante provocativo.

— O que é isso, Priscila? — repreendeu a professora. — Nós estamos apenas conversando. O que é que tem de mais a Clara dar a sua opinião também?

— Tem que eu não quero saber a opinião dela!

Priscila falou alto. A professora até se assustou. Muita gente ouviu e acabou prestando atenção na discussão.

— Por que é que vocês estão brigando desse jeito? — perguntou Deise, já desconfiando que o motivo da briga não podia ser apenas o daquele bate-papo inocente.

Priscila se antecipou e respondeu:

— Porque essa menina aí vive se intrometendo nas minhas coisas!

— Eu? — Clara achou um absurdo o que acabara de ouvir. — Você está louca? Só porque eu falei o que eu penso? Não tenho culpa que pense diferente, ora essa! Eu acho mesmo que algumas pessoas exageram quando o assunto é estética. Não tem cabimento tudo o que elas fazem em busca de um corpo sarado, perfeito.

— A Clara está certa, Priscila. Por que você resolveu brigar com ela, agora?

Priscila virou o pescoço para ver quem estava falando. Claro que nem precisava, pois conhecia muito bem aquela voz. Preferia ter ouvido isso da professora. Ia doer menos. Bem menos.

Eduardo não podia ter dito isso na frente de todo o mundo. Ficar do lado da Clara, uma garota que mal conhecia? Chegava mesmo a ser uma falta de respeito para com ela.

Priscila ia abrir a boca para falar, mas André tinha resolvido, de uma hora para outra, que ia defendê-la.

— Cala a boca, Eduardo! — André colocou as duas mãos no peito de Eduardo e o empurrou com força. — Quem você pensa que é pra vir falando assim com a Priscila? Seu babaca!

Eduardo deslocou-se alguns passos para trás. As pessoas foram se aglomerando, aquilo foi virando um

47

tumulto. André queria de todo jeito ir para cima de Eduardo; alguns amigos da classe faziam força para segurá-lo; a professora Deise também entrou no meio pedindo para parar. André parecia furioso com Eduardo.

— O que é que deu em você, cara? — perguntou Eduardo, atônito. — Tá maluco, é?

— Você que é um babaca, metido à besta. Acha que é o dono da verdade, um fracote que não se cuida!

— Chega, André! — a professora insistia.

André se esforçava para se desvencilhar dos braços dos amigos. A professora chegou mais perto de Eduardo e falou:

— É melhor você ficar longe. Vá tomar água, fazer qualquer coisa. Vou falar com ele depois.

— Eu não sei o que deu nele, Deise! Eu não sei!

— Vai. Estou pedindo.

Eduardo obedeceu. Estava indo embora, quando ouviu André gritando:

— Foge mesmo, seu covarde! Tá com medo de levar uns cascudos, né?

— Chega, André! — A voz da professora era firme.

André se calou. Os amigos o soltaram e ele fez um gesto, sacudindo os ombros, a fim de se recompor. Ainda trazia no rosto contraído a raiva que tinha sentido pelo colega de classe, que até pouco tempo era seu amigo, seu companheiro de time de handebol, inclusive.

— Por que isso, André? — a professora quis saber.

— O Edu é um babaca intrometido e metido à besta!

— Nunca vi você assim antes. E por causa de uma bobagem?! — falou Deise. — O que é que está acontecendo com você, André?

— Não tá acontecendo nada.

— Nada mesmo?

— Nada, já disse.

— Não quero mais saber de brigas, André. Se isso acontecer de novo, eu não vou resolver esse problema sozinha, entendeu? Você vai ter que se explicar com o diretor. Você está me ouvindo bem?

André já estava mais calmo. Ficou quieto durante alguns segundos e depois respondeu:

— Tá legal, Deise.

— Vamos começar a nossa aula, pessoal! — Deise falou alto para todos os alunos. — Podem ir formando os times que eu vou sortear quais serão os primeiros a jogar. — Em seguida, baixou o tom de voz outra vez. — E você, André, fique longe do Eduardo.

André torceu o nariz, mas balançou a cabeça, concordando.

O pessoal começou a se dispersar. Muitos não entenderam o que tinha acontecido entre André e Eduardo. Seria uma disputa por causa da Priscila?

Mas justamente o André? Todos sabiam que a única coisa que fazia a sua cabeça e que os olhos se demoravam um pouco mais a admirar era a sua própria

49

imagem refletida no espelho. Aquela história estava muito esquisita.

Antes de sair da rodinha, Priscila deu uma última olhada para Clara e pensou:

"Esse assunto ainda não terminou, Clara. Não terminou mesmo!"

DEPOIS DA ÚLTIMA AULA

Tiveram a última aula com o professor José, e Priscila ainda estava sem falar com Juliana. E isso foi lhe trazendo uma sensação tão grande de mal-estar, de tristeza...

Mas disse para si mesma que seria forte. Não ia ficar com uma cara tristonha para todo o mundo perceber que não estava bem. Era bem capaz de ficarem falando que ela estava assim por causa da Clara. Aquela menina nova, intrometida e que estava fazendo até mesmo Eduardo ficar a favor dela.

Durante a aula, o professor tinha retomado a conversa do último trabalho, uma vez que a excursão já estava se aproximando e queria que todos estivessem bastante envolvidos com o assunto.

Voltou a falar sobre ecologia, problemas ambientais, turismo ecológico.

Quando deu o sinal, o material de Priscila já estava todo guardado. Ia só esperar Clara se levantar para ir até ela. Tinha algumas contas para acertar.

Só que, para sua surpresa, Clara não saiu da sala de imediato. Parou perto da porta para conversar com Eduardo. Ela e Maiara.

Priscila achou que aquilo só podia ser provocação. Por isso ela resolveu ficar mais um tempo em sua carteira, apenas observando até onde ia a cara de pau daquela garota.

— Gostei muito da sua reportagem sobre a Amazônia, Edu — falou Clara. — Desde o dia em que você apresentou pra classe que eu estou pra lhe dizer. Ainda não tinha tido oportunidade.

Eduardo ficou contente com o elogio. Clara continuou falando:

— Sabe, a natureza tem tudo a ver comigo. Adoro fazer viagens assim. Meus pais também gostam. Já fui com eles para uma porção de lugares fazer trilha, descobrir cachoeiras, cavernas... é tudo muito bonito. E emocionante, é lógico.

— Que legal, Clara! Eu também adoro! — Eduardo mostrou-se bastante entusiasmado. — Acho o máximo quando a gente entra em contato direto com a natureza.

— É, a gente se renova, não só fisicamente, mas espiritualmente também. Parece que a vida fica com outro sabor.

— Exatamente o que eu penso! Puxa, Clara! Legal saber que você também curte essas coisas!

Ela deu um sorriso antes de continuar falando.

— Só que eu nunca fui pra Amazônia.

— Bom, isso eu também não — disse Eduardo.

— Já pensou? — sonhou Clara. — Uma viagem como aquela que você leu?

— Eu tenho um pouco de medo, pra falar a verdade — disse Maiara, receosa.

— Ah... medo, Maiara! — falou Eduardo. — Quer aventura mais legal?

— Mas ficar oito horas dentro de um barco no rio? Não é perigoso, não?

Eduardo ia responder à pergunta de Maiara, mas percebeu Priscila se aproximando deles, pisando duro e com uma cara daquelas. Mal deu tempo de Eduardo falar alguma coisa com ela também. Priscila olhou direto para Clara e disse:

— Anda se dando bem com a classe, não é mesmo, Clara?

Realmente, Priscila acertara em cheio: Clara estava se dando muito bem com as pessoas do grupo. Aliás, quando seus pais lhe perguntaram certa vez sobre o colégio, sobre ela ter sido ou não bem aceita pelos colegas, ela lhes dissera que sim, mas que isso não era uma coisa tão importante no seu modo de ver. E que não fazia a menor questão de querer agradar a todos. Coisa impossível.

Clara percebeu o tom de voz provocativo nas palavras de Priscila. E achou que ela já estava passando dos limites.

— Estou me dando bem, sim, Priscila. É Priscila seu nome, não? — disse Clara, bem cínica. Priscila ficou louca da vida.

— Olha aqui, Clara, não sei por que você já chegou querendo chamar a atenção!

— Eu? De onde é que você tirou uma ideia dessas?

— Priscila, vai com calma... — pediu Eduardo.

— Fique quieto, Edu! Estou falando com essa garota aí! — E pôs o dedo indicador bem próximo do rosto de Clara.

Eduardo pegou em seu braço, puxando-o para trás.

— O que é que tá acontecendo com você, hein, Priscila? Anda tão nervosa! Será que todo o mundo por aqui anda ficando maluco?

— Eduardo... — disse mais calma. — Depois a gente conversa, tá bom? Agora eu tô falando com a Clara. — E olhou para ela com os olhos soltando faíscas.

— Eu não sei por que você tá assim, Priscila — disse Clara, com paciência. — Desculpa se eu entrei na conversa de vocês naquela hora...

— Não é nada disso! — ela gritou. — Você que é uma fingida e só quer aparecer. Agora fica dando em cima do Edu!

Eduardo arregalou os olhos. Clara também, e tratou logo de responder:

— Mas você é muito petulante, hein, menina! Vê se cresce um pouco!

— É melhor a gente ir embora, Clara — Maiara foi puxando a amiga pelo braço. Achou que as coisas não iam acabar bem. Se a professora Deise aparecesse de

53

repente, era bem capaz de todos irem parar na diretoria dessa vez. Ela já tinha dado um sermão daqueles na classe inteira, momentos antes de acabar a aula.

Clara respirou fundo e disse:

— É. Acho melhor mesmo.

Quando elas estavam saindo, Priscila gritou:

— Vê se você se enxerga, garota! Não tem a menor chance com o Edu. Compra um espelho, viu?

Clara parou onde estava e se virou para trás.

— Deixa pra lá, Clara — pediu Maiara. — Já te falei que a Priscila é assim mesmo.

— Você é que precisa de um espelho — falou Clara, sem dar a mínima atenção ao conselho de Maiara.

Priscila fingiu ter um ataque de riso.

— Eu? Você só pode estar brincando! Sua baleia!

Clara continuou séria e, sem se abalar, disse:

— Precisa de um espelho que lhe mostre a alma. Quem sabe assim você deixe de ser tão vazia!

O rosto de Priscila se transformou. Ela chegou na mesma hora a abrir a boca, mas não conseguiu responder. Respirou rápido, como se assim pudesse expelir toda a raiva que estava sentindo nesse momento. Tinha que responder alguma coisa para aquela menina. Tinha! Queria fazê-la enxergar, de uma vez por todas, que ela não podia ir falando o que bem entendesse. Ninguém lhe falava assim. Ninguém. Mas não conseguiu. De repente, emudeceu. Sentiu-se paralisada.

Clara virou as costas. Maiara apertou os lábios e a acompanhou. Eduardo também queria falar alguma coisa, mas não lhe passou nada pela cabeça. Aquela frase despertara em todos ali um tremendo mal-estar.

Eduardo olhou para Priscila e falou:

— Vamos indo, Priscila. Todo o mundo já saiu.

Ela apertou seu material com força contra o peito. Ficou olhando para a porta de entrada da sala de aula, mas ali já não havia mais ninguém. Depois, encarou os olhos de Eduardo. Aqueles olhos verdes lindos, que um dia a olharam com amor. Se não com amor, com desejo.

Só teve vontade de dizer uma coisa.

— Eu não sou vazia, Edu.

SURPRESA

Era perto da hora do jantar quando a mãe de Clara veio ao seu quarto avisá-la de que tinha alguém lá fora querendo falar com ela.

— Quem é, mãe? — Clara perguntou.

— Eduardo — ela disse.

A garota levou um susto. Eduardo, em sua casa? Nem fazia ideia de que Eduardo pudesse saber onde ela morava!

Ficou imaginando, durante o curto caminho entre seu quarto e a sala, o que é que ele poderia querer com ela. Ainda mais depois de a Priscila ter lhe falado todas aquelas asneiras na frente dele.

Clara o recebeu com um sorriso. Cumprimentaram-se e depois se sentaram num dos degraus da varanda. Fazia um tempo gostoso, de calor.

— Queria conversar com você... — ele foi falando, de mansinho.

Clara não disse nada. Ficou olhando para ele, esperando que continuasse.

— Hoje foi um dia daqueles...

— Se foi!

— Primeiro o André com aquele nervosismo todo pra cima de mim, depois a Priscila com você... O que é que anda acontecendo com as pessoas?

— Sei lá, Edu! Não conheço tão bem a classe como você. O André sempre foi assim?

— Não! Pelo contrário! Sempre foi um cara gente fina, de bem com a vida... Claro, totalmente fissurado nesses assuntos de academia, musculação, mas nunca teve um comportamento agressivo como o de hoje.

— Vai ver está com problemas.

— Pode ser... E a Priscila, hein? Ela anda tão estranha!

— Como assim, estranha?

— Ah... sei lá! Num outro dia brigou comigo porque...

Eduardo parou de falar de repente. Clara quis saber o motivo.

— Que foi? Começou a falar, agora conta!

— É que a Priscila... não sei se alguém te falou...

— Eu já sei, Edu. Eu sei que ela gosta de você. E daí?

— Bom... nada. É que... sei lá... bobeira minha.

57

De repente o rosto de Clara mudou a expressão.

— Edu! Vai me dizer que você andou acreditando no que a Priscila disse? Não tem nada a ver aquilo! A gente mal se conhece!

— É, eu sei. Eu sei. É que de repente achei que você poderia ficar chateada... Esquece, Clara.

Ela fez um sinal de afirmativo com a cabeça.

— Tá bom. Então conta!

— Tá. Vou contar. É que a Priscila me disse umas coisas... — Eduardo balançou a cabeça de um lado para outro.

— Que coisas?

— Vê se tem cabimento, Clara. A Priscila me disse que eu não fico com ela porque ela não é bonita.

— Mas ela é bonita! — Clara estranhou.

— Eu sei, falei pra ela. Mas ela nem me ouviu. Disse que precisa emagrecer pra ficar mais bonita... essas coisas.

— Acho que essa menina anda precisando se tratar, Edu.

Os dois ficaram em silêncio durante algum tempo. Clara recomeçou:

— Você reparou, Edu, como as pessoas ultimamente andam valorizando demais a forma física? Não é só a Priscila e o André. — Clara parou de falar por um momento e depois perguntou: — Você também pensa assim, Edu? Acha que ter corpo sarado é o mais importante de tudo?

— É lógico que não, Clara.

— Mas isso é uma coisa que tem mexido com a cabeça das pessoas. Sabe, às vezes eu vou à banca procurar alguma coisa pra ler e vejo um monte de revistas especializadas nesse assunto. Até revista sobre cirurgia plástica, vê se pode! Num outro dia eu estava reparando numa das chamadas da capa e vi uma espécie de anúncio do tipo: "Fique com um corpo maravilhoso!", "Você também pode ser bela!". Como se o nosso corpo fosse uma mercadoria que a gente comprasse, trocasse... que loucura!

— Você tem razão, Clara. As pessoas parecem estar cada vez mais obcecadas pela imagem. A própria televisão nos mostra isso o tempo todo.

— Não é que eu seja contra malhar, Edu. Acho legal, faz bem pra saúde, dá mais disposição, todo o mundo sabe disso.

Eduardo assentiu com a cabeça.

— Eu entendi, Clara. No comecinho do ano, a Deise falou um monte de coisas pra gente.

— Que coisas?

— Sobre malhar, sobre saber respeitar o limite do próprio corpo, em colocar sempre a saúde em primeiro plano.

— Era mais ou menos isso que ela estava falando para o André e a Priscila quando eu e a Maiara chegamos. — Clara deu um suspiro. — Não sei por que eu fui abrir a minha boca... Só deu confusão!

Eduardo segurou em seu braço. Deu um leve apertãozinho, fazendo com que Clara baixasse os olhos por alguns segundos e mirasse a mão que a tocava. Depois, virou o rosto e viu o bonito par de olhos verdes que a encarava.

— Não fica assim, não, Clara. A culpa não foi sua. Você é tão legal, não merece ficar chateada. E quanto à Priscila, não ligue. Às vezes, ela invoca com qualquer um, sem motivo aparente.

Clara ficou presa durante mais algum tempo naquele olhar. A ela lhe pareceu que Eduardo estava ainda mais bonito do que na escola. Ou seria apenas impressão sua? Podia até ser. Mas começava a achar que talvez fosse porque, a cada dia que passava, eles iam conhecendo-se melhor.

FAZENDO AS PAZES

Priscila encontrou Juliana assim que chegou na escola no dia seguinte. Ela estava no portão, à sua espera, para que pudessem conversar.

— Oi — disse Priscila.

— Oi. Estava esperando você. Não queria que a gente brigasse, Pri!

— Nem eu queria brigar com você.

Priscila deu um sorriso e um abraço nela.

— Você é minha melhor amiga, Pri.

— Você também, Ju. Não vamos mais brigar por causa de bobagem. Desculpa se eu falei alguma coisa que te magoou.

— Tá tudo bem, Pri. Também peço desculpas.

As duas foram entrando na escola, indo para a classe.

Priscila viu quando Clara chegou. Preferiu fingir que não tinha visto. Juliana observou o jeito de Priscila e depois lhe perguntou:

— E o Edu, Pri?

— O que é que tem?

— Você desistiu?

— Não. Tô pensando numas coisas aqui...

— Ah, é? Em quê?

— Regime e exercícios.

— O quê? — ela deu um grito.

— Sabe, Ju, o André me deu umas dicas superlegais. Você viu o corpo que ele tem? É, o André se cuida!

— Ele disse que você precisa de regime?

— Não. A gente tava conversando sobre os exercícios.

— Não vá querer emagrecer demais, hein, Priscila! Vai acabar ficando feia.

— Feia? E você já viu alguma modelo feia? São todas magérrimas e lindíssimas!

— Meu pai acha que elas são magras demais.

— Seu pai? E o que é que seu pai entende de beleza, pode me dizer?

— Ah, sei lá! Falei por falar. Eu quis dizer que tem gente que não gosta. Foi isso o que eu quis dizer.

— Mas eu gosto. Acho até que vou comprar um espelho pra colocar no meu quarto outra vez.

— Espelho? Que história é essa de espelho?

— Ah, nada... Quebrei o espelho e fiquei sem. Mas vou comprar, sim, pra ficar me vigiando. Assim eu vejo quando é que vou poder parar pelo menos com o regime. Com os exercícios nunca! O André me disse que, se a pessoa ficar uns dias sem malhar, ela estraga tudo o que foi feito.

Priscila falava entusiasmada. Juliana ficou séria.

— Priscila, vou falar de novo. Você já é magra. Não precisa de regime. É sério! Acho até que você emagreceu nessas últimas semanas! Seu rosto está mais fino.

E era verdade. Priscila tinha mesmo emagrecido.

— Mas ainda não tá bom. Deixa essas coisas comigo, Ju.

Priscila avistou o amigo um pouco mais à frente.

— Olha o André, lá! Vou conversar com ele, Ju. Tô com umas dúvidas sobre uns abdominais que ele me ensinou. Quero saber se tô fazendo direitinho.

Juliana balançou os ombros.

— Tá bom. Eu vou indo pra classe.

— Já, já a gente se fala.

MUDANÇAS

O professor da academia estava de olho em André, que conversava animadamente com Marcelo. Tanto um quanto o outro tinham terminado os exercícios e se preparavam para ir embora juntos. Agora, era sempre assim. Os dois se encontravam diariamente na academia, combinavam um mesmo horário para poderem treinar juntos. Tinham ficado muito amigos.

— Já vai, André? — o professor perguntou.

André desviou os olhos de Marcelo, com quem conversava, e olhou para seu professor.

— Já. Até amanhã, Carlos.

André já tinha dado alguns passos quando o professor o segurou pelo braço. Ele virou o pescoço e olhou para aquela mão que o impedia de prosseguir. Segundos depois, sustentou o olhar em seu professor. Fez uma cara de espanto, de quem não estava entendendo. O professor o soltou e disse:

— Posso falar com você um instante?

— Sabe o que é, professor — ele respondeu —, eu e o Marcelo já marcamos um compromisso e estamos em cima da hora. Não é, Marcelo?

O amigo assentiu com a cabeça.

— É rápido — o professor insistiu. — O Marcelo espera você um instantinho lá fora. Cinco minutos.

— Por mim... — Marcelo falou.

André se viu sem alternativa. Balançou a cabeça, concordando.

— Tudo bem. O que você quer?

O professor desviou os olhos de André e olhou para Marcelo, o qual apenas disse:

— Te espero lá fora, André.

Carlos esperou que Marcelo se distanciasse para começar a falar:

— Sabe, André, eu estou reparando que você está mudando... Seu corpo está diferente...

— Ah... Você viu que legal, Carlos? Finalmente meus músculos começaram a aparecer mais. Também! Já estava mais do que na hora, né?

O professor não se mostrou entusiasmado.

— André, realmente você está mais musculoso. E ficou assim um pouco rápido demais.

André mudou a expressão do rosto. O professor continuou falando:

— Uma vez você me perguntou sobre anabolizantes. Você por acaso anda fazendo uso dessas drogas, André?

— Imagine, professor! Eu, não!

— André, eu já falei pra você que é muito perigoso, que...

— Professor, eu não tô usando anabolizantes. Se era só isso, você me dá licença que agora eu tenho que ir, o Marcelo tá me esperando.

André deixou o professor, que ainda ficou a observá-lo até que cruzasse a porta de saída da academia.

Marcelo estava encostado numa mureta, esperando pelo amigo, como tinha prometido. Assim que o viu, foi logo perguntando:

— E aí? O que é que o Carlos queria com você?

— Ah! Encher o saco. Você se lembra, Marcelo, quando me disse que às vezes você acabava mudando de academia por causa de alguns professores...

— Lembro, por quê?

— Estava pensando... Que é que você acha da gente procurar uma outra academia?

64

A EXCURSÃO

Desde o começo do ano todos esperavam pela excursão que o professor José tinha marcado.

Iam fazer um estudo do meio na Estação Ecológica Jureia-Itatins, que ficava entre as cidades de Peruíbe e Iguape, no litoral de São Paulo.

O professor José já tinha falado bastante sobre essa área de preservação da Mata Atlântica. E o que mais havia espantado os alunos eram os números: de quase oitenta mil hectares preservados e protegidos, o acesso se restringia a apenas oito mil.

Os alunos estavam eufóricos, não viam a hora de viajar. Como era longe, iam no sábado de manhã e voltariam somente no domingo à tarde. Iam dormir numa pousada que o professor já conhecia e estava bastante acostumado a levar seus alunos. Provavelmente, chegariam bem tarde da noite em suas casas.

Muitos comemoravam. Um final de semana inteirinho só com os amigos! Claro, tinha o professor José. Mas ele era legal e todos achavam que a excursão ia ser a melhor de todas que já tinham feito.

— Não vejo a hora da gente ir, Ju.

— Ué, Priscila! Não é você que vive dizendo que não curte essas coisas de mata, trilhas...

— Ah, mas eu não vou lá por causa disso. Você se esquece que tem o Edu? Vou poder ficar com ele um final de semana inteirinho!

— Com ele mais a classe toda, não sei se você está se lembrando disso.

65

Priscila fez cara de desprezo.

— Sim, Juliana, eu estou me lembrando muito bem disso!

Em seguida mudou seu jeito de falar:

— Você não acha que pode ser a minha grande chance, Ju?

— Por mim, eu já disse, você tirava esse cara da cabeça.

— Mas eu não consigo!

— Então... — Juliana balançou os ombros.

Faltavam apenas dois dias. Felipe fazia planos. Quem sabe surgisse uma oportunidade para ficar com a Priscila? Uma tremenda gata, e o seu melhor amigo não estava nem aí para ela.

Ele e Eduardo estavam conversando em frente à casa de João, que tinha entrado para beber água.

— A Clara disse que já foi pra Jureia com a outra escola dela — contou Eduardo. — Foi no ano passado. Falou que é superlegal. Aliás, ela me disse que vive viajando com os pais pra lugares assim, com muito verde... Que delícia, né, cara! Eu também curto pra caramba tudo isso.

— A Clara.

— É. A Clara. — Eduardo olhou para Felipe. Ele estava esquisito. — O que foi?

— Sabe em que eu tô reparando, Edu?

— Em quê?

Eduardo não fazia a mínima ideia.

— A cada pouco você fala na Clara. Só hoje já falou umas três vezes.

66

— Eu? Não reparei nisso, não.

— Reparou em quê?

Era João que tinha acabado de chegar e escutado a metade da conversa.

Eduardo ia abrir a boca para dizer alguma coisa, mas Felipe se antecipou:

— O Edu agora deu pra ficar falando na Clara.

— Não vá querer ficar a fim dela, né, Edu? — falou João. — A Clara não tem nada a ver com você. Não combina.

— Eu não tô a fim dela, João — Eduardo mostrou-se irritado. — Ela é só minha amiga.

— E era só o que faltava! — falou João. — Dispensar uma gata feito a Priscila pra ficar com ela.

Eduardo ficou quieto. Não queria discordar dos amigos.

— Ah, se a Priscila me desse bola... — suspirou Felipe.

— Por que você não fica com a Priscila, Edu? — disse João. — Ela é tão linda! E louquinha por você... Fica com ela, cara!

FICAR COM A PRISCILA

Priscila apareceu de surpresa na casa de Eduardo. Decidiu que não ia nem telefonar. Antes de sair, deu uma voltinha na frente do espelho. Estava mais magra, sim. Uma cintura fininha, os braços mais magros, o rosto mais fino.

"Ainda não é este corpo que eu quero...", pensou alto. "Mas eu chego lá!"

Saiu do quarto e passou pela sala, onde a mãe assistia à tevê. Ela viu a filha toda arrumada e perguntou:

— Aonde você vai, Priscila?

— Vou até a casa da Juliana. Não vou demorar, mãe.

— Não demore mesmo, porque logo nós vamos jantar. Seu pai vai jantar com a gente, Priscila. Ele chega já, já. Ligou da estrada dizendo que não demora.

— Ah, é? — disse com pouco-caso.

— Por favor, Priscila. Quero todos à mesa. Raramente seu pai está aqui com a gente.

Priscila fez que sim com a cabeça e saiu. Não queria pensar em seu pai. Tinha coisa muito mais importante.

Tocou a campainha e Eduardo veio atender. Tinha acabado de sair do banho. Estava de *short*, sem camisa, os cabelos molhados. Achou que ele estava mais lindo ainda.

— Oi, Priscila.

— Oi, Edu. Vim falar com você. A gente quase nem conversa mais na escola...

Ele não disse nada.

— Eu não quero brigar com você. Tô com uma saudade, Edu!

Priscila se atirou nos braços de Eduardo e o abraçou com força. Ele acabou por abraçá-la também. Priscila fechou os olhos e encostou mais a cabeça em seu peito, aconchegando-se, sentindo aquela pele macia no seu rosto, na sua boca, aquele seu cheiro que a deixava tonta, quase maluca.

Como tudo aquilo era bom! Como Eduardo lhe trazia uma sensação tão gostosa de proteção, carinho, amor, tudo misturado! Precisava tanto dele! Tanto!

Ficou assim, quieta, por mais alguns instantes. Sentiu quando Eduardo tirou uma das mãos de suas costas e passou em seus cabelos, fazendo um carinho. Uns cabelos pretos, lindos também. Combinavam perfeitamente com seu rosto. Tudo em Priscila era bonito e harmonioso, mas não era assim que ela se sentia.

Priscila ergueu sua cabeça e olhou para Eduardo.

Ele pensou naquilo que João vivia lhe falando. E achou que o amigo estava certo. Muito certo. Não tinha mesmo que perder tempo. Dispensar uma gata feito aquela, por quê? Além do mais, todos os meninos ficavam morrendo de inveja quando o viam abraçado com ela. E isso lhe trazia uma sensação gostosa, a sensação de saber que estava por cima, saindo com uma garota bonita. Linda. Fazia bem para o ego.

Também tinha outra coisa. Não queria que ficassem falando coisas a seu respeito, duvidando se era homem ou não.

Eduardo segurou o rosto de Priscila com as duas mãos e o trouxe para pertinho do seu. Priscila fechou os olhos e se entregou ao beijo. Um longo beijo, cheio de paixão. Um beijo como Priscila não tinha mais de Eduardo desde o ano passado, quando ficaram juntos.

Priscila sentiu-se no céu. Dessa vez, ela não precisara falar nada, nem pedir. Ele quem tomara a iniciativa. Ele a queria, podia sentir isso. Tinha mesmo certeza de que a desejava também.

"Logo, logo estaremos namorando", ela pensou. E isso era tudo o que ela mais queria na vida. De todo o coração, era o seu maior desejo.

FELICIDADE

Priscila chegou em casa feliz da vida. Seu pai já estava lá. Veio correndo abraçá-la.

— Puxa, Priscila! Estava morrendo de saudades de você!

— Eu também, pai! — Ela o abraçou forte, sorrindo.

Enquanto jantavam, Guilherme ficou contando sobre os acontecimentos dos últimos oito dias em que estivera fora.

Robson falava o tempo todo durante o jantar, estava superanimado com a chegada do pai. Ainda mais que ele tinha lhe trazido um caminhãozinho novo, com controle remoto e tudo.

Priscila estava longe, longe. Nem o presente que seu pai lhe trouxera conseguiu tirá-la de seus devaneios. Sonhava com Eduardo, com aquele beijo cheio de paixão na frente da casa dele.

O pai lhe dera de presente um bonito colar, comprado numa feira *hippie* de uma das cidades pelas quais tinha passado. Ele mesmo fizera questão de colocar nela. Priscila ergueu o cabelo e deixou que ele o abotoasse.

Quando seu pai passou as mãos pelos seus ombros foi que notou:

— Você emagreceu, minha filha?

— Talvez — foi só o que respondeu.

Mônica disse:

— O Robson me falou mesmo que ela não anda almoçando direito.

— Eh, Robson, andou falando o que de mim, hein? — Ela fingiu estar zangada. Mas naquele dia era impossível alguém lhe tirar do sério. Estava muito feliz para isso.

O irmão deu de ombros.

— Só falei a verdade.

Guilherme acabou de abotoar o colar. Priscila soltou o cabelo e foi até o espelho do seu quarto para ver como tinha ficado. Ele aproveitou-se da sua ausência e perguntou para a esposa:

— Que história é essa de a Priscila não andar almoçando?

— É difícil ela almoçar comigo, pai — reforçou o irmão.

— Ah, Guilherme! Você sabe como é esse meu emprego! Passei uma semana difícil, um sufoco! Não vim quase nenhum dia almoçar em casa. Mas ela também já está bem grandinha pra gente ter que ficar vigiando se comeu ou não comeu. Isso eu fazia quando ela era pequena, poxa!

Priscila chegou do quarto.

— É lindo, pai! Gostei muito. Obrigada.

Aproximou-se do pai e lhe deu um beijo no rosto.

O pai sorriu. Um sorriso não tão aberto, um sorriso meio preocupado. Algo lhe dizia que sua filha não estava bem, apesar de aparentar estar tudo normal. Talvez fosse só uma impressão.

Às vezes, quando Priscila era pequena, ela não precisava dizer nada para ele. Sabia quando estava triste, quando estava alegre. Era difícil arrancar qualquer coisa dela. Às vezes um probleminha na escola, uma briga com alguma criança... Não era fácil fazer com que ela contasse. Mas, com jeitinho, ele sempre acabava conseguindo. Mais do que a mãe.

Mas agora já não era mais a mesma coisa. Tinham se distanciado um pouco, sabia disso. Por que sentia que algo não ia bem?

Robson foi ajudar a mãe a tirar os pratos da mesa. Priscila ia fazer o mesmo, quando o pai a segurou.

— Está tudo bem com você, Priscila?

— Claro, pai! Ainda mais hoje. Estou tão feliz, pai! Tão feliz!

E ela estava mesmo. Guilherme podia ver em seus olhos. Era a mesma garotinha que conhecia tão bem e que lhe dava um sorriso franco e amoroso.

Priscila pegou os copos em cima da mesa e os levou para a cozinha.

"Ela está bem", pensou alto. Instantes depois, como que para ter certeza do que estava sentindo, reafirmou seu pensamento: "Ela está bem, sim".

A MATA ATLÂNTICA

Foram pouco mais de quatro horas até chegar à pousada. Mas, quando chegaram, viram como a viagem valera a pena.

A pousada que o professor tinha escolhido ficava bem pertinho da praia e, pelo jeito, o pessoal de lá já estava muito acostumado a receber grupos de alunos.

Depois das boas-vindas por parte dos donos, cada um pegou suas coisas e foi se ajeitar no quarto. Iam ficar quatro alunos em cada um deles.

Chegaram perto da hora do almoço, por isso só tiveram tempo de guardar as coisas e descer para o local onde iam ser servidas as refeições.

Almoçaram e logo depois se dirigiram ao ônibus, que os levaria até a reserva da Jureia, cujo local ficava a uma certa distância da pousada.

Um monitor de uma das agências de turismo da cidade, especializada em fazer ecoturismo na região, já esperava pelo grupo.

Assim que o ônibus começou a andar, ele se apresentou.

Seu nome era Celso. Tinha cara desses ecologistas que o pessoal sempre via na televisão. Era moreno, usava cavanhaque e, pela aparência, devia ter uns vinte e oito anos. Vestia uma bermuda *jeans*, tênis, um boné com o nome da agência e uma camiseta branca que trazia a estampa da Mata. Logo abaixo da figura, uma frase que ressaltava a importância da preservação da Jureia.

Primeiro ele falou um pouco sobre o que tem sido feito pela preservação da Mata Atlântica, deixando os alunos cada vez mais impressionados com os números.

— Nós temos apenas cem mil quilômetros quadrados de área da Mata Atlântica. Parece bastante, mas vocês fazem ideia de quanto era a área original da Mata?

O pessoal continuou calado, esperando o próprio Celso responder.

— Nós tínhamos antes uma área de mais de um milhão e trezentos mil quilômetros quadrados, o que significava quinze por cento de todo o território nacional. Hoje, isso não passa de oito por cento.

— Que pena... — murmurou Eduardo.

— Mas ainda tem muita coisa — disse Priscila, procurando confortar Eduardo, que se sentava ao seu lado no ônibus.

Eduardo virou-se para ela:

— É como o Celso falou, Priscila. Parece muita coisa, mas não é, não. Se o homem continuar explorando a Mata do jeito que vem fazendo, esse número se reduzirá ainda mais. Você ouviu o que ele disse? Podemos ter espécies de plantas extintas em questão de cinquenta anos!

Priscila não disse nada. Eduardo virou-se para a frente, estava superinteressado em ouvir tudo o que o monitor falava. Já Priscila nem estava ligando. Essas coisas de meio ambiente, preservação ecológica não faziam a sua cabeça.

O monitor ainda disse que uma das estratégias usadas para a conservação da Mata Atlântica era o mapeamento da floresta através de satélite.

— Com isso, pode-se saber a situação da Mata e promover algumas ações para se tentar reverter o processo de destruição, bem como de extinção das espécies.

Celso continuou falando, agora sobre tudo o que se passava pelo caminho. E era um caminho muito bonito, onde se viam muitas samambaias, ipês, orquídeas, bromélias, jequitibás, manguezais e restingas. Um verdadeiro santuário, como já lhes tinha alertado o professor José.

Logo mais à frente, o ônibus parou.

— Agora nós vamos ver de perto tudo isso, pessoal — disse Celso. — A caminhada não é longa e, em seguida, nós vamos encontrar a cachoeira de que falei.

Priscila desceu do ônibus e, logo depois, Eduardo. Estavam esperando Juliana descer quando Clara e Maiara passaram próximas aos dois.

"Aposto que ela nem vai ter coragem de ficar de biquíni na frente de todo o mundo", pensou Priscila, olhando com desprezo para a garota, que ia se afastando com Maiara e outras amigas.

Desde aquele dia em que discutiram na classe, Priscila e Clara não tinham mais nem se olhado.

76

Mas agora isso não tinha a menor importância para Priscila. Até que era bom, assim Clara via que Eduardo e ela estavam realmente juntos.

A TRILHA

Começaram a caminhar. Não demorou muito e Priscila já reclamou:

— Ai, Edu! Isso aqui deve estar cheio de mosquitos!

— Ora, Priscila! Foi por isso que nós passamos repelente, esqueceu?

— Não, eu não me esqueci, mas... sabe, Edu, eu nunca andei antes no meio do mato. Esse monte de galhinhos enroscando nas minhas pernas a toda hora tá me dando aflição!

Eduardo olhou para ela.

— Preferia ter ficado, Priscila?

— Eu? De jeito nenhum! Com a classe toda aqui, você acha que eu ia ficar em casa?

Ela deu um sorriso e depois lhe disse, toda amorosa:

— Ainda mais tendo você pra ficar comigo, né, Edu?

Eduardo pegou na sua mão e a puxou:

— Então, anda.

Continuaram caminhando. Muitas vezes, os dois até perdiam as explicações de Celso sobre a flora e os animais que viviam ali porque Priscila ficava se atrasando a todo momento.

Não demorou muito, chegaram à cachoeira. Na verdade, eram três quedas-d'água não muito grandes e o rio era bem rasinho.

Deram uma paradinha debaixo das árvores e o monitor falou:

— Aproveitem para descansar. Vamos ficar aqui uns cinquenta minutos mais ou menos. Quem quiser entrar na água pode entrar. Daqui, depois, nós voltamos à pousada. Amanhã bem cedinho saímos outra vez.

— Foi bom o Celso falar nisso — disse o professor José, completando o aviso. — Se vocês quiserem dormir tarde hoje, tudo bem, mas amanhã não quero desculpas para acordar, hein?

Os alunos concordaram. Mas quem é que ia querer dormir cedo? E a praia? Ainda nem tinham ido lá e desde a vinda estavam planejando um luau para esta noite. Tinham muito a curtir ainda. Muito mesmo!

Todos estavam superentusiasmados. Foram arrancando os tênis, *shorts* e camisetas e deixando ali, jogados num canto. Afinal, com aquele calor todo que estava fazendo, tomar um banho de cachoeira era o momento que eles mais esperavam. Um momento merecido, como disseram alguns.

O professor José se sentou debaixo de uma das árvores e ficou conversando com Celso.

— Não vai entrar não, professor? — perguntou André, enquanto tirava a sua camiseta.

O professor olhou bem para ele antes de responder. André parecia bem, tranquilo.

Ultimamente, estava desconhecendo o seu aluno. Alguns dias antes da excursão metera-se em outra briga na escola. Dessa vez, com um garoto do terceiro ano.

Os professores acharam que André devia estar passando por alguma fase difícil. A melhor coisa era chamar os pais para uma conversa e perguntar.

Foi o que fizeram. Os pais de André disseram que ele também estava um pouco diferente em casa, mas que sempre fora um menino bom, que iam conversar com ele para ver se melhorava e voltava a ser o que era.

O professor José dissipou as lembranças e respondeu à pergunta de seu aluno:

— Claro que vou, André! Daqui a pouco eu entro.

Uma das meninas da classe passou por André e disse:

— Puxa, André! Que corpo sarado você tem!

— Obrigado — ele respondeu, com um sorriso. Ultimamente as pessoas andavam elogiando tanto, que isso estava fazendo com que ficasse cada vez mais orgulhoso de si mesmo.

Logo mais adiante, Priscila falava alto:

— Esta água tá muito gelada, Edu!

Clara ouviu. E mesmo sem querer não conseguia deixar de prestar atenção nos dois.

Priscila ainda mal havia colocado seus pés dentro do rio.

— Deixa de ser boba, Pri! — disse Eduardo, estendendo sua mão a fim de incentivá-la a entrar logo.

— Você não vai querer deixar de tomar um banho de cachoeira, vai?

— Vamos, Pri! — Juliana foi puxando a amiga pelo braço. Priscila ia fazendo uma careta, tentando entrar um pouco mais. A água ainda mal tinha chegado aos seus joelhos. — Um banho de cachoeira é ótimo para energizar o nosso corpo! Anda, Priscila!

— Vamos lá embaixo! — falou Eduardo. Priscila finalmente segurou na mão dele. — Quero sentir a força da água caindo nos meus ombros! Vem!

Eduardo conseguiu convencê-la. Também! Com aquele rosto lindo olhando para ela e pedindo com tanto jeito, aquele corpo molhado e todo arrepiado por causa da água gelada... Num instante, estavam lá debaixo da cachoeira, rindo, felizes.

Clara ficou observando os dois enquanto tirava sua camiseta e ficava de biquíni para também tomar um banho de cachoeira.

À NOITE, NA PRAIA

A noite foi uma delícia. A maioria não se lembrava de ter passado uma noite tão boa.

O pessoal da classe acendeu uma fogueira na praia e ficaram em volta, conversando. O professor José também ficou. E como ele era bacana, batia papo com todo o mundo como se fossem velhos amigos!

Naquela noite, elegeram o professor José como o professor mais legal que já tinha passado no Dom Olivatto nos últimos tempos.

Era engraçado como uma excursão podia unir tanto as pessoas. Os meninos, as meninas, todos pareciam mais unidos. E estavam mesmo.

Um dia como tinha sido esse, cheio de atividades, em que as pessoas às vezes deparavam com a dificuldade de subir algum trecho, a cooperação do amigo do lado, enfim, tudo proporcionava uma grande camaradagem entre eles. As pessoas se sentiam integradas, não só os alunos, mas o professor José também se sentia assim.

Celso tinha falado para ele, enquanto descansavam debaixo da árvore, lá na cachoeira, que estava bastante acostumado a acompanhar esses grupos. Muitas vezes não eram alunos, mas turistas apaixonados por ecologia e que queriam descobrir mais sobre a natureza. Às vezes, pessoas com uma rotina estressante na cidade, vindo para um lugar assim, voltavam depois mais calmas e equilibradas.

— O mais legal — ele disse ao professor — é que os grupos acabam virando uma família. As pessoas se envolvem com o ambiente e se sentem parte dele. Uma coisa só.

O professor podia sentir bem isso olhando para cada um de seus alunos.

Pedro, o filho do dono da pousada, de dezoito anos, foi junto com eles para a praia. Ele tocava violão e muito bem por sinal. Tocava todas as músicas que pediam. O pessoal ia cantando junto.

Priscila estava abraçada a Eduardo. A cada pouco, ele lhe dava um beijo na boca.

Clara procurava não olhar, mas às vezes isso parecia inevitável. Estava se sentindo confusa. Desde a tarde, na cachoeira. Aqueles dois, beijando-se a toda hora na sua frente, a estavam incomodando. E muito!

Mas por quê? Ela não tinha nada a ver com isso, ora essa! Isso era o que ficava se perguntando a todo momento.

Numa hora em que estava olhando os dois, mesmo contra a sua vontade, o olhar de Eduardo a pegou em flagrante.

Clara baixou os olhos imediatamente. Ficou desconcertada. Pegou um graveto que estava jogado perto de seus pés e começou a desenhar na areia. Não olhou mais, apesar de ter a nítida sensação de que ele ainda a observava.

Jogou longe o graveto, abraçou seus joelhos e colocou a cabeça entre eles.

A música que Pedro tocava e todos acompanhavam cantando ia lhe trazendo um sentimento estranho, diferente, uma tristeza, um não-sei-quê.

Lembrou-se do dia em que Eduardo a procurou em sua casa. Ficaram sentados um bem pertinho do outro. Mas naquele dia não tinha sentido nada do que estava sentindo agora.

E quando se lembrou dessa cena, de Eduardo tão pertinho dela, veio um frio na barriga, um arrepio, uma sensação estranha na pele que não conseguia definir se era por causa da brisa do mar ou simplesmente por causa de um sentimento que agora, de uma hora para outra, vinha transbordar de dentro do seu corpo. Não conseguia explicar. Só sentir.

Instintivamente, passou as mãos pelos braços repetidas vezes, como se aquele gesto pudesse aquecê-la e confortá-la de alguma forma.

Olhou para Eduardo e percebeu que ele ainda olhava para ela. Ou tinha olhado apenas agora, não sabia ao certo. Priscila, com a cabeça encostada em seu peito, olhava para Pedro e seu violão. Ela nada percebeu.

Houve uma comunicação muda, intuitiva entre eles. Ficaram assim, olhando-se, por mais alguns segundos. Um sem coragem de desviar o olhar do outro.

O coração de Clara parecia querer fugir do peito a qualquer custo. Foi por isso que tomou a iniciativa. Respirou fundo e avisou:

— Eu vou entrar, Maiara. Tá frio aqui fora.

MAIS TARDE, DEPOIS DO VIOLÃO

As pessoas foram, aos poucos, se levantando. Eduardo quis subir para a pousada, mas Priscila não deixou.

— Tá tão gostoso aqui, Edu! Vamos ficar!

Ele concordou. Mas não podia dizer que continuava tão à vontade com Priscila, como naquela hora na cachoeira. Divertiu-se à beça com ela! Foi uma delícia! Aquela água gelada no seu corpo, ele a abraçando, deslizando a mão pelo seu corpo todo procurando esquentá-la! Não podia negar que tinha sido bom, muito bom.

Mas agora, não. Estava se sentindo muito esquisito. Alguma coisa tinha vindo quebrar todo aquele clima.

— O pessoal tá indo embora, Pri — ele ainda disse.

— Deixa. — Priscila estava com um olhar superapaixonado. — Vem comigo.

Priscila levantou-se primeiro e segurou firme as duas mãos de Eduardo, fazendo força para puxá-lo.

Ele se levantou. Priscila envolveu a cintura de Eduardo em seus braços e o abraçou. Deu um longo beijo nele e depois segurou em sua mão, arrastando-o.

— Vem — ela disse.

Eles foram caminhando, olhando para frente, olhando para o mar, ficando em silêncio para ouvir aquele barulho gostoso das ondas se quebrando logo ali ao lado deles.

Durante o dia, por causa do burburinho das pessoas, esse barulho quase passava despercebido. Não era tão intenso como à noite, hora em que a natureza dá o seu recado com mais força e poder.

Estavam se distanciando da fogueira, que a essa altura já devia estar bem pequena. Só a lua tentava deixar que a praia não ficasse escura de uma vez.

— Que foi, Edu? Tá tão calado...

— Não é nada. Acho que estou cansado, só.

Ela parou de caminhar, fazendo com que ele parasse também. Entrou na sua frente e lhe disse:

— Espero que não seja de mim.

Priscila não deixou que ele respondesse. Deu um sorriso, dizendo logo em seguida:

— Vamos sentar aqui.

Ele obedeceu. Ficaram um tempo olhando para o mar, os braços envolvendo os joelhos, a cabeça de Priscila encostada no ombro de Eduardo.

Na praia, mais ninguém. Só os dois.

— A gente tá namorando, Edu? — Priscila perguntou de repente.

Eduardo olhou para ela.

— Não vamos falar disso agora.

— Por que não?

— Eu não quero, Priscila. Se a gente for falar sobre isso, eu vou ter que dizer que estou confuso...

— Não! — ela o interrompeu, tapando-lhe a boca com os dedos. Depois, fez um carinho em seus cabelos. — Não vamos falar disso agora, então.

Ela se deitou na areia e ficou olhando para ele, ainda sentado. Esticou os dois braços para cima, espreguiçando-se.

Eduardo ficou observando seus gestos, aquele rosto delicado, aquele corpo que assumira naquela hora uma linguagem própria, dizendo que o queria e que o desejava.

— Me beija, Edu! — ela murmurou. A voz saiu trêmula. Ela inteira tremia, por fora e por dentro. Como desejava Edu! Sentia-se pronta para amá-lo, sabia que era ele a única pessoa a fazê-la feliz de verdade. Só Eduardo.

Vagarosamente, Eduardo deitou-se também. Ficou olhando para Priscila, para seus olhos, que se fecharam agora à espera do beijo.

Eduardo passou a mão em seu rosto, fez o contorno de seus lábios com o dedo. Sentiu sua respiração, o ar quente que soprava de sua boca e passava pelos vãos dos seus dedos. Depois, aproximou-se mais de seu rosto, de seu pescoço. Sentiu o cheiro de sua pele, de seus cabelos, um cheiro de perfume e mar.

Olhou para ela antes de beijá-la. Viu aquele rosto lhe pedindo amor. E a beijou com paixão, um beijo quente que aquecia o corpo inteiro.

Mas, de repente, aquele beijo apaixonado fez com que Eduardo se lembrasse do rosto de Clara mais uma vez. Do modo como se olharam naquela hora perto da fogueira. Essa imagem não saía de sua mente, desde a hora em que ele e Priscila começaram a caminhar sozinhos pela praia. Desde o momento em que tinha se deitado com Priscila na areia.

Era por isso que tudo tinha ficado diferente agora. Não era a mesma coisa de quando estavam na cachoeira, abraçando-se, beijando-se. De repente, veio um desejo louco de estar com Clara e não com Priscila. Uma vontade que o deixou confuso, sem querer continuar. Uma vontade louca de procurar Clara de qualquer jeito e falar que era ela que ele queria. Não Priscila.

Priscila percebeu que Eduardo tinha mudado o seu comportamento. Ele parou de beijá-la, sentiu-o distante de repente.

— Que foi, Edu?

— Vamos voltar pra pousada, Priscila. Já é tarde.

Ela parecia não acreditar no que estava ouvindo.

— Mas, por quê? Tá tão bom aqui, Edu! Vamos ficar, vai!

Eduardo balançou a cabeça em sentido negativo.

— Não, Priscila. Amanhã a gente conversa.

Eduardo estava com a voz séria demais. Priscila não estava gostando nada disso, mas ficou com medo de perguntar, de querer insistir no assunto. E se ele falasse que não gostava dela? Do seu corpo? Morria de medo de ouvir isso.

Achou que era melhor voltarem para a pousada e não falar nada mesmo. Não ia querer estragar aquela noite tão maravilhosa.

SEGUNDO DIA

No domingo, foram a uma das praias que ficavam dentro da Estação Jureia.

O monitor levou os alunos até o rio que, além de desembocar na praia, proporcionando uma visão belíssima, também dividia a Jureia em duas partes: a que ficava depois dele não era aberta à visitação. Lá, só entravam os pesquisadores autorizados.

Celso não deixou ninguém entrar no rio, apesar de ser bem bonito e limpo. Ele disse que era muito perigoso para banho, por causa da sua forte correnteza.

Priscila não estava se sentindo bem. Caminhou até a nascente do rio reclamando o tempo todo.

O professor, quando viu que Eduardo e Priscila estavam se atrasando demais, resolveu esperá-los.

— O que é que está acontecendo com vocês, hein? — o professor José perguntou, assim que eles se aproximaram.

— Ah, professor! A Priscila tá reclamando de canseira.

— Acho que foi por causa de ontem — ela resolveu se explicar. — Duas caminhadas em seguida...

— Que em seguida, Priscila! Uma menina da sua idade não aguenta caminhar alguns poucos quilômetros em dois dias?

— Tô me sentindo meio fraca...

O professor desmanchou sua cara de bravo e demonstrou preocupação.

— Você tomou direitinho o seu café da manhã?

— Café da manhã? — ela repetiu.

— É. Tomou?

— É que... eu não ando tomando café da manhã, professor.

Priscila tinha cortado o café da manhã já há algum tempo. Eduardo não sabia disso, ficou tão surpreso quanto seu professor.

— Como não anda tomando café da manhã, menina? Ficou maluca? Ainda mais se eu falei que era para se alimentar direitinho, trazer água...

— Eu trouxe a água. — Ela ergueu a sua garrafinha.

— Mas não comeu nada, não é?

— É que eu tô fazendo um regime... de leve. Não se preocupe, José. O Edu vai mais devagar comigo. Mas eu juro que a gente chega lá.

O professor resolveu ir com eles. Não queria deixar ninguém para trás.

Eduardo cochichou em seu ouvido:

— Que história é essa de regime, Priscila?

— Não é nada, Edu! Esquece!

— Priscila, aquela vez na minha casa você falou...

— Esquece o que eu falei, meu amor. Tá tudo bem, eu juro...

Mas não estava tudo bem. De modo algum.

Em certo momento, Priscila respirou fundo. Deu uma parada rápida, viu o mar à sua frente. Não faltava muito para chegarem lá.

De repente, reparou, o mar, o céu... tudo parecia mudar de lugar. Que sensação esquisita! Parecia que estavam dançando, misturando-se um com o outro bem ali na sua frente. Piscou os olhos algumas vezes. Procurou abri-los bem agora. O céu e o mar, o mar e o céu, tudo na sua frente girando, virando noite de uma hora para outra. A vista embaçando. Só deu tempo de Priscila balbuciar:

90

— Edu...

E tudo se apagou.

ÚLTIMOS INSTANTES DE MAR

Priscila recuperou logo os sentidos. O professor José, o Celso, a Juliana e o próprio Eduardo ficaram o tempo todo com ela.

Uma das alunas avisou que tinha trazido uma garrafinha de água de coco. O professor José achou ótimo e fez com que ela tomasse. Ele ainda deu uma bronca danada em Priscila, dizendo que onde já se viu alguém cortar as refeições assim, por conta própria.

Resolveram terminar o passeio mais cedo, apesar de Priscila parecer melhor. O professor ficou com medo de que ela pudesse passar mal outra vez e eles ali, sem nenhum hospital ou posto de saúde por perto para recorrerem.

Chegando na pousada, Priscila tomou um suco e foi para o quarto. Seria bom que ela descansasse um pouco, uma vez que eles ainda teriam toda a viagem de volta pela frente.

O professor José só concordou com Priscila em não levá-la ao hospital da cidade porque ela jurou que, assim que chegasse, procuraria um médico para ver direitinho o motivo do desmaio. Ela o convencera de que aquilo nunca tinha acontecido e que se tratava apenas de uma tontura passageira. Não ia acontecer outra vez.

Eram duas horas da tarde e quase todos os alunos do Dom Olivatto estavam em seus quartos arrumando as malas. Iam embora dali a pouco.

Clara estava caminhando pela praia. Já tinha arrumado tudo e, antes de voltar para casa, queria ainda uma vez estar perto do mar, despedir-se dele.

Lembrou-se de Gabriela e Flavinha, companheiras de quarto de Clara e Maiara, que, durante todo o momento em que arrumavam as coisas, não se cansavam de falar em Pedro, o filho do dono da pousada.

Falavam que ele era lindo, tinha um sorriso deslumbrante, uns olhos maravilhosos, uma voz fantástica e outros adjetivos parecidos.

Mas Pedro não era todo esse exagero. Pelo menos, não aos olhos de Clara.

Lembrou-se outra vez de Eduardo e do fato de que todas as meninas o achavam lindo e, consequentemente, queriam ficar com ele.

Era por isso que ficava sempre pensando: ser bonito, não ser bonito... Cada um acha uma coisa, vê de um jeito, independentemente de você querer impor ou não o seu pensamento.

Pedro estava terminando o terceiro ano. Era um garoto supersimples, vivia de *short* e chinelos pela pousada. Realmente, quando abria a boca para cantar, era uma coisa de louco, deixava todos fascinados. Sua voz era muito melodiosa.

Tinha um brilho nos olhos e um sorriso franco que conquistava todo o mundo. E era isso que fazia dele um garoto lindo. Era dessa beleza que Flavinha e Gabriela falavam tão animadas. Tinha certeza de que era.

O que fazia, então, uma pessoa ser bela? O que era a beleza? Por que as pessoas se importavam tanto com isso?

A praia não estava muito cheia. Nessa altura do ano, fora da época de temporada, não era comum haver tantos turistas.

E isso era bom, porque aquela calma toda, sem o atropelo de gente que os dias de verão costumavam trazer para as praias, deixava Clara com um gostoso sentimento de paz.

Respirou fundo e fechou os olhos por um instante. Queria sentir o cheiro do mar entrando pelo seu corpo todo.

Escutou seu nome.

— Clara!

Ela abriu os olhos e virou-se. Viu Eduardo. Não sabia como ele poderia estar ali. Achou que ia ficar com Priscila até a hora da saída do ônibus.

Na hora em que Priscila subiu para descansar, Eduardo lhe deu um beijo, dizendo que voltava logo. Ele estava no *hall* de entrada conversando com Pedro, quando viu Clara sair da pousada e tomar a direção da praia.

Era sua chance. Desde a noite anterior que estava querendo muito falar com ela. E agora ele estava ali, perto dela e muito mais perto ainda de falar tudo o que ele sentia que precisava falar.

Clara parou de caminhar e ficou esperando por ele. Eduardo deu uma corrida.

93

— Vi você sair — ele falou.

— Vim caminhar um pouco. Já arrumei todas as minhas coisas e, além disso, a gente ainda tem um tempinho antes de ir embora.

Clara retomou sua caminhada. Eduardo a acompanhou.

— E a Priscila? — ela quis saber.

— Já está bem melhor. Está descansando.

Os dois ficaram em silêncio durante alguns segundos.

— Que lugar lindo aquele em que a gente esteve hoje cedo, né, Clara?

— É... é muito lindo mesmo... Sabe, Edu, ficar perto da natureza me faz tão bem! Eu me sinto em paz, feliz... de bem comigo mesma.

— Eu também. Você já imaginou, Clara, o tamanho do nosso país, o tanto de floresta onde ninguém nem pisou ainda... A gente tem tanta coisa bonita pra descobrir no Brasil...

Ela balançou a cabeça.

— Muitas pessoas têm procurado descobrir isso.

— Eu acho que é bom. Só conhecendo é que o homem vai preservar. A pessoa que faz uma viagem assim acaba mudando a sua cabeça, o seu modo de pensar, de ver o mundo... — Eduardo a segurou pelo braço, obrigando-a a parar de caminhar. Ela ficou de frente para ele. — Você não acha, Clara?

Clara olhou bem para seus olhos. A pergunta que Eduardo fazia já não parecia ter tanta importância. O que ele estaria realmente querendo dizer com aquela pergunta? Até parecia que o assunto agora era outro. Ele a olhava de um jeito!

— Olha, Edu, eu acho tudo isso, sim. — Ela se calou por um instante. Depois, tomou fôlego e continuou: — E acho mais uma coisa.

— O quê?

— Eu gosto de conversar com você, Edu, você é um cara legal, mas se você gosta mesmo da Priscila não devia me procurar pra conversar. Sabe que ela morre de ciúme. Tá querendo provocar? Depois sobra pra mim!

Ele fixou seus olhos nela durante algum tempo, sem dizer nada. Achou-a linda. Ainda mais do que achava antes. Na verdade, cada vez que conversava com Clara acabava descobrindo mais coisas que o encantavam.

— Quem disse que eu gosto dela? — falou baixinho, seus olhos vidrados nos de Clara.

— E não? — disse, sem amolecer.

Eduardo resolveu abrir o jogo. Esconder mais sobre o que estava sentindo para quê?

— Clara, tem qualquer coisa diferente agora. Eu vi você me olhando ontem, não adianta negar. Eu também te olhei de outro jeito... Aquele olhar mexeu muito comigo. E não é a primeira vez que sinto isso por você. Eu não sei explicar direito, mas quando eu fico perto de você acontece alguma coisa diferente dentro de mim.

Clara sentiu-se estranha, não conseguiu manter seus olhos nele. Ia recomeçar a andar quando Eduardo a segurou. Ela ficou esperando para ver se ele falava mais alguma coisa. Não falou. Apenas se olharam, do mesmo jeito da noite passada, só que com uma diferença. Era de muito mais perto agora que se olhavam. Aquele arrepio, aquele frio na barriga... tudo de novo.

Clara não podia negar que também acontecia dentro dela algo diferente, a mesma vontade de ficar junto. Foi sentindo um desejo forte de beijá-lo, de tocar sua boca, sua pele, de trocar carícias com alguém que, aos poucos, ia conhecendo e a quem ia ficando cada vez mais ligada. E, para ela, o amor era assim, uma conquista que se fazia dia a dia, um envolvimento, uma cumplicidade.

Eduardo pegou em suas duas mãos. Clara sentiu o calor de sua pele, um calor que a envolvia e que também deixava quente seu corpo inteiro. Os dois se aproximaram mais e se beijaram.

Clara se entregou àquele beijo sem pensar em mais nada. Não tinha por que pensar. Estava apaixonada. Queria tanto Eduardo!

— Gosto de você, Clara.

Clara sorriu. Era bom ouvir isso, era muito bom sentir tudo o que sentia. Estava muito feliz.

Eduardo lhe prometeu que assim que chegassem conversaria com Priscila e explicaria tudo. Que Priscila, todos sabiam, tinha um gênio muito difícil e que essas coisas tinham que ser conversadas com calma. Ainda mais que ela tinha passado mal pela manhã. Não queria magoá-la e ia fazer o possível para que isso não acontecesse. Pelo menos, no que dependesse dele.

Clara achou, sinceramente, que não tinha problema. Que logo, logo tudo estaria resolvido e, assim, poderiam ficar juntos e namorar sem se esconder de ninguém.

Ela estava completamente enganada.

DE VOLTA PARA CASA

O dia seguinte na escola foi cheio de novidades. Todo o mundo queria contar alguma coisa que tinha acontecido, algum fato engraçado. Todos os professores, principalmente o de Biologia, queriam saber se os alunos tinham gostado da excursão e aproveitado as explicações dadas por Celso. Logo, iam fazer trabalhos e mais trabalhos sobre o assunto.

Clara estava com o pensamento longe. Não conseguia ouvir direito os seus professores. Estava superansiosa.

No intervalo, viu quando Priscila e Eduardo saíram de fininho, escapando da vista de todos. Viu também quando chegaram, momentos antes do sinal, e pararam para conversar bem próximo de onde estava. Não queria ficar olhando, mas estava difícil não prestar tanta atenção nos dois. Queria muito saber se já tinham conversado, se Eduardo já tinha lhe contado que estava apaixonado por ela e não por Priscila. Pois era isso que ele ia falar, não era?

De repente essa pergunta lhe gelou a alma. Tentou distrair-se, pensar em outra coisa, empurrar esses pensamentos que a estavam atormentando para bem longe.

Priscila ainda não conseguia entender. O que teria mudado? Isso, Eduardo não falava.

— Por quê, Edu? Você não gostou de ter ficado comigo na praia? O que aconteceu? Fala a verdade. Tem a ver com o seu sumiço de ontem?

— Sumiço?

— É, Edu. Você me deixou lá no quarto, disse que voltava logo... Eu procurei você e não te achei. Nem o João, nem o Felipe...

— Eu só queria dar uma volta sozinho. Só isso. Precisava pensar.

— Pensar e resolver que temos que nos separar?

— Priscila... procure entender. Foi legal ficar com você, mas agora é melhor cada um ficar na sua. Eu não gosto de você pra namorar e eu não quero ficar lhe dando esperanças. Vamos ser só amigos, tá bom?

Eduardo já tinha lhe dito isso momentos antes, mas não explicara nada. E ela queria entender. Por quê? O que tinha de tão errado com ela? Eduardo parecia tão feliz na praia! Será possível que estava ficando louca e enxergando coisas onde não existiam? Será que Eduardo nunca havia ficado feliz com ela? Então, ele não gostava mesmo do seu corpo, mesmo ela se esforçando tanto no regime e nos exercícios?

Enquanto um turbilhão de pensamentos e de porquês rondava sua mente e lhe deixava tonta, Eduardo lhe disse outra vez. E sério:

— Cada um na sua daqui pra frente, Priscila.

Priscila não disse nada, apenas saiu. Não queria chorar perto dele. Só queria entender. Por quê?

Não falou com mais ninguém durante o restante das aulas. Estava muito triste. Clara olhou para ela e percebeu. Mas Eduardo não tinha vindo ainda procurá-la. Talvez viesse na saída. Esperou ainda um tempo, mas não veio. Passou reto por ela, com seus amigos João e Felipe.

Achou estranho. Quase pensou que ele tinha fingido não tê-la visto no meio dos alunos, junto ao portão. Mas pensar nisso era um tremendo absurdo. Ou não era?

Foi para casa sozinha, com o pressentimento de que alguma coisa estava errada.

Dessa vez, ela estava completamente certa.

CONVERSA COM OS AMIGOS

Felipe e João não se conformaram quando Eduardo contou. Eles estavam indo embora da escola juntos, como faziam todos os dias.

— Você tá interessado em outra pessoa, então? — perguntou Felipe.

— Já disse que não — Eduardo respondeu.

— Então, por que você dispensou a Priscila? — João quis saber.

— Ah... já falei. Cansei da Priscila. Só isso.

— Deixa ele, João! — falou Felipe. Ele até que estava gostando dessa história. Sentiu que talvez essa fosse sua chance. — Tem tanta menina bonita aqui no colégio, não é, Edu? A Priscila não é a única.

— Isso é verdade — concordou o João. — Tem mesmo umas gatinhas com um corpinho...

Eduardo ficou calado. Lembrou-se de Clara. É lógico que ela não era esse tipo de menina que João estava descrevendo. Ela não tinha o padrão de beleza que os amigos tanto falavam e achavam que toda menina devia ter para ser bonita.

Clara era uma menina comum, bem diferente das outras que viviam no pé dele. Só que Eduardo a achava bonita assim, do jeitinho que ela era. Mas tinha certeza de que os amigos não a aprovariam.

Era por isso que se ele contasse para Felipe e João que tinha deixado Priscila para ficar com Clara iam cair matando. Podia até imaginar a voz do João lhe dizendo um monte de bobagens.

Então, era bom mesmo não falar nada. Até para proteger a Clara de certos constrangimentos. Era isso. Queria poupar Clara, por isso não ia contar nada. Nada.

— Então, Edu — continuava João com seu falatório. — A gente podia ir hoje à noite na casa da Flavinha.

— Fazer o quê? — perguntou Eduardo.

— Ela me disse que vai fazer o relatório da viagem para o José com a Gabriela e a Lu. Já que você não está mais com a Priscila... A Gabriela é a maior gatinha e além disso a Flavinha tem uma irmã, cara! É um arraso! Você vai, né, Felipe?

101

— Você me desculpa, João, mas não tô a fim, não.

— Ora, mas por quê?

— Porque não, João. Talvez eu vá na casa da Priscila... — Felipe falou devagar, para ver se Eduardo esboçava qualquer objeção.

Mas Eduardo não demonstrou nenhum sentimento em relação a isso. Felipe percebeu que ele realmente não queria mais nada com a Priscila. O caminho estava livre.

João virou-se para o outro amigo:

— E você, Edu? Vai comigo até a casa da Flavinha, né?

Eduardo balançou a cabeça de um lado para outro.

— Não vai dar. Tenho umas coisas pra fazer em casa. Já prometi pra minha mãe.

— Que pena... — disse João.

Mas não era em casa que tinha coisas para fazer. Já estava mais do que na hora de Eduardo levar um papo com Clara.

PROBLEMAS

— Pensei que viesse falar comigo na escola.

Clara e Eduardo estavam conversando no portão da casa dela.

— Sabe o que é, Clara, a Priscila... bem, eu fiquei meio sem graça de ela acabar nos vendo juntos hoje. Até momentos antes era com ela que eu estava. Você me entende, não?

— Tudo bem. — Depois de uma pausa, perguntou: — E como ela reagiu?

— Ah, ficou muito magoada, sim. Tenho muita pena dela, mas eu não posso fazer nada.

Eduardo passou a mão pelos cabelos de Clara.

— Estou apaixonado por você.

Clara sorriu.

— Eu também, Edu.

Os dois se beijaram. Clara resolveu falar em Priscila pela última vez.

— Será que ela vai ficar bem, Edu?

— Claro que vai! — Eduardo disse com toda certeza. — Nem pense mais nisso.

Mas Priscila não estava bem. De jeito nenhum.

Enquanto a mãe assistia à novela das oito, Priscila estava em seu quarto fazendo exercícios. Tinha jantado muito pouco, apenas porque no almoço já não tinha comido praticamente nada.

Parou um instante com os exercícios e foi para o espelho. Antes, trancou a porta do quarto.

Tirou toda sua roupa e olhou para a sua imagem.

Teve raiva. Chorou na frente do espelho. Sentia-se horrível, quase atirou o espelho longe outra vez. Mas não fez isso. Ele ia lhe mostrar de agora em diante tudo o que ela tinha que fazer para mudar esse corpo. Um corpo de que não gostava. Um corpo que só lhe trazia infelicidade.

Também em seu quarto estava André. Arrumava-se para sair e se encontrar com Marcelo e outros amigos que tinha feito na nova academia.

Mas alguma coisa estava estranha. Começou a sentir náuseas e dor de cabeça. Achou que era alguma coisa que tinha comido no jantar.

A dor de cabeça aumentava. Sentou-se na cama. Deu um tempo, para ver se melhorava. Respirou fundo algumas vezes. Mas, quando se abaixou para amarrar os tênis e logo depois levantou a cabeça, sentiu uma forte tontura. A visão começou a ficar turva, tudo na sua frente foi ficando embaçado. Agarrou com força a colcha que cobria a cama. Tirou uma das mãos e passou pela testa. Estava transpirando, suando frio.

— Meu Deus... que é que tá acontecendo comigo...? — murmurou.

Não tinha ninguém em casa. Seus pais haviam saído e sua irmã mais nova ido ao cinema com as amigas. Estava sozinho.

Ainda meio tonto, levantou-se devagar e procurou o banheiro. As mãos tateando as paredes, procurando um apoio para não cair. Finalmente a porta. Sentiu a maçaneta e conseguiu girá-la. Foi direto à pia, abriu a torneira e lavou o rosto várias vezes. Respirou fundo. Procurou a cozinha a fim de tomar um pouco de água.

André sentia um mal-estar geral. Não conseguia entender o que é que estava acontecendo com ele. Justamente ele, que quase nunca apanhava uma gripe sequer.

Tomou água e continuou respirando fundo. Resolveu ir para o quarto, deitar um pouco. Talvez todo esse mal-estar passasse. Mas, antes, passou pela sala e viu o telefone. Pegou o aparelho.

— Marcelo? Aqui é o André. Acho melhor vocês irem na frente. Tô meio esquisito, cara, mas logo que eu melhorar eu vou e encontro com vocês, tá bom?

ACERTANDO OS PONTOS

Clara e Eduardo conversavam pouco no colégio. No começo ela pensou que era por causa dos amigos, na certa queria ficar com eles. Achou que era normal.

Ele sempre a procurava, à noite, em sua casa e ficavam conversando até tarde. Aí ele voltava a ser o mesmo Eduardo que conhecia. Mas, no colégio, ele agia como se nada estivesse acontecendo entre os dois. Era até bastante frio.

Eduardo passava, cumprimentava Clara, que sempre estava junto com Maiara no intervalo. Ele, sempre com Felipe e João. E era só. Não fazia um carinho, não lhe dava um beijo.

Até Maiara estava achando aquilo tudo muito esquisito.

— Ele foi até a sua casa ontem à noite, Clara? — ela perguntou, assim que viu Eduardo passando com os amigos de sempre.

— Foi, sim. Ficamos conversando um tempão, Maiara. A gente se dá tão bem!

Ela não disse nada. Só ficou pensando. Esse namoro da amiga estava muito estranho.

As duas foram até a cantina comprar um salgado. Viram Priscila passando com Juliana. Ela parecia meio abatida.

Clara resolveu perguntar:

— Você acha que o Edu está esquisito comigo aqui na escola, Maiara?

Maiara não respondeu de imediato.

— Olha, Clara, posso ser sincera?

— Claro!

— Tá muito estranho, sim, esse seu namoro. Por que aqui na escola ele não fica com você?

Então Maiara também tinha percebido? Não era coisa da sua cabeça?

— Eu não sei... — foi só o que conseguiu responder.

Quando Eduardo foi até a sua casa naquela noite, ela lhe fez a pergunta que ele tinha tanto medo de ouvir. Estavam sentados no sofá de sua sala. Seus pais ainda terminavam o jantar.

— Por que é que no colégio você não fica comigo, Edu?

— Ah, Clara... — A voz ficou meio engasgada. — Eu não venho aqui praticamente todas as noites? Você não gosta de que eu venha aqui?

Ele estava tentando mudar a conversa. Mas Clara não ia deixar. Queria descobrir de uma vez por todas o que é que estava acontecendo com o seu namorado. Se é que era namorado mesmo. Clara não estava sabendo mais em que pensar.

— Gosto — ela respondeu friamente. — Mas por que não na escola? Acho que ninguém sabe que a gente tá namorando...

— E daí? Você acha que todo o mundo precisa saber?

Ela franziu as sobrancelhas.

— Como?

Clara tinha achado aquela colocação um tremendo absurdo. Estava começando a achar que era exatamente isso que Eduardo estava querendo. Que ninguém soubesse. Queria por acaso namorar escondido? Se seus pais, que eram seus pais, já sabiam do namoro dos dois desde o início! O que é que ele estava querendo dizer com isso?

— Não entendi — ela disse, secamente.

Eduardo olhou para ela meio confuso. Não sabia o que falar.

— Clara... eu gosto muito de você. Mas isso é uma coisa que é entre nós dois... Não tem nada a ver o restante do mundo ficar sabendo.

— Que tal o restante do colégio? Da classe? — Clara perguntou bem cínica. Estava começando a ficar brava.

— E por quê? Por que é que eles têm que saber?

— Eu não acredito! — Ela se levantou, indignada. Eduardo levantou-se também. Pegou em seu braço e a puxou de volta.

— Fica calma. Senta aqui pra gente conversar — ele pediu.

Ela puxou o braço para se soltar de sua mão.

— Não vou me sentar coisa nenhuma, até você me contar direitinho por que é que não quer dizer aos seus amigos que eu sou sua namorada!

— Eu não quero? Não é isso, Clara! Que bobagem!

— Ah, é? Então você vai embora agora, pensar junto com o seu travesseiro o que é que está acontecendo e amanhã a gente fica juntos no intervalo. Sua última chance, Eduardo, pra você se explicar. — A voz de Clara era decisiva.

Eduardo não conseguiu discordar mais. Clara era uma garota que sabia muito bem o que queria. Não ia adiantar falar qualquer coisa que fosse.

Eduardo foi se aproximar para lhe dar um beijo, mas ela não deixou.

— Amanhã a gente se fala, Edu. Amanhã.

PREOCUPAÇÃO

Na manhã seguinte, como já estava se tornando um costume, Priscila recusou o café.

— Eu ando reparando que você não está mais tomando café da manhã, minha filha — falou Mônica.

— Ah, mãe... é que de manhã eu não tenho fome.

Mônica ficou olhando para Priscila, que estava sentada à mesa juntamente com seu irmão, esperando dar a hora de ir para o colégio.

— Você emagreceu, Priscila — a mãe falou, séria.

— E agora também está me parecendo muito abatida.

Priscila não disse nada. Viu na mãe um olhar preocupado.

— Eu já te fiz essa pergunta uma vez, Priscila, mas vou fazer de novo. Você anda se alimentando direito?

— Ando — mentiu. Antes Priscila só tinha cortado as comidas mais gordurosas e os doces do seu cardápio. Agora, já não andava comendo mais quase nada. Comia apenas para se segurar em pé.

A mãe, bastante séria, virou-se para Robson:

— Ela anda almoçando com você, Robson?

— Pô, mãe! — Priscila bateu as duas mãos em cima da mesa. — Não acredita mais em mim, não? Precisa perguntar pra ele?

Mônica fez que nem ouviu a reclamação da filha.

— Anda almoçando, Robson? — ela refez a pergunta.

— Não — ele respondeu. — Faz tempo que eu almoço sozinho. — Robson deu uma olhadinha rápida para a irmã e depois completou. — Todo dia.

— Mas eu como mais tarde, no meu quarto — defendeu-se.

— Nunca vi a Pri pegando comida no fogão mais tarde.

— Seu linguarudo! — gritou Priscila. — Só porque você não vê fica falando o que não sabe?

Mônica estava começando a ficar mais preocupada. Alguma coisa estava acontecendo com Priscila. E parecia ser coisa séria. Será que era sua culpa, por nunca estar presente na hora do almoço? Mas ela tinha que trabalhar, ora essa! Não tinha cabimento ficar vigiando uma filha com quase dezesseis anos para ver se estava comendo direito ou não!

Mas assim mesmo resolveu que iria mudar algumas coisas em casa. A começar pelo almoço.

— Venho em casa almoçar hoje. Podem me esperar.

— Oba! — comemorou Robson.

Priscila não disse nada, mas fez uma cara de quem não tinha gostado nem um pouco da notícia.

 A ÚLTIMA CHANCE

Eduardo chegou atrasado, o professor de Matemática já estava na classe. Parecia até que tinha feito de propósito. Só para não dar tempo de conversar com Clara no pátio, antes de todos entrarem.

Maiara olhou para Eduardo e depois para Clara, que estava concentrada, copiando uma atividade da lousa. Ela chegou perto da amiga e disse, baixinho:

— O Edu nem olha pra você. Parece até que tá com medo de te encarar.

— Isso é o que nós vamos ver mais tarde.

Assim que deu o sinal para o intervalo, Felipe e João, como sempre, puxaram Eduardo para fora da sala. Ele estava com o caderno aberto, disfarçando que não tinha terminado uns exercícios. Falou para os amigos irem na frente.

— Para com isso, Edu! — disse João. — Depois você continua. Desde quando você é CDF? Vamos lá fora que eu quero te contar uma coisa.

111

— Contar o quê?

— Lá fora eu conto. O Felipe já sabe. Vamos.

Eduardo não viu outro jeito. Acompanhou os dois amigos que foram andando e pararam somente quando chegaram à quadra. Clara e Maiara viram e foram atrás.

Maiara ainda sugeriu:

— Não é melhor você deixar que ele te procure, Clara?

Clara não deu ouvidos.

— Eu sei o que eu estou fazendo, Maiara.

Quando elas se aproximaram, perceberam que eles falavam da irmã da Flavinha.

Clara ouviu parte da conversa e, pelo pouco que tinha entendido, dava para saber que João tinha ficado com ela.

Eduardo ficou superconstrangido com a presença dela ali.

— Então você ficou com a irmã da Flavinha, João?

— Fiquei, Clara — ele confirmou. Parecia não ser segredo nenhum e que ficar com ela tinha sido uma vitória que precisava ser anunciada para os quatro ventos. — Ela é tão linda, tão gracinha! Tem um corpo de modelo! É de dar inveja em qualquer um, ou melhor, uma! Acho que qualquer menina deve ser louca pra ser como ela. Sabia que ela até já desfilou?

— Verdade? — Clara fingia estar interessada. — Deve ser mesmo muito bom ficar com uma menina assim, tão bonita. Eu conheço a irmã da Flavinha. De vista, é claro. Ela não estuda aqui, não é mesmo?

112

— Ela acabou o terceiro ano no ano passado — contou Eduardo.

— Engraçado ela se interessar por um cara mais novo... — falou Clara.

— E o meu charme? Não conta?

João riu. Estava se sentindo o máximo.

— Você também a conhece, Edu? — perguntou Clara. Maiara ainda não sabia onde é que a amiga queria chegar com aquele papo.

— Conheço.

— Já saiu com ela também? — Clara perguntou.

Ele ia abrir a boca pra responder, mas João tomou a frente:

— O Edu? — Deu uma risada. — Esse cara aqui só fica com menina bonita, mas com a Amanda ele não ficou, não. E agora também nem vai ficar, né, Edu? A gatinha já tá na minha! — Ele deu um tapinha nas costas do amigo.

Eduardo não respondeu. Clara começava a compreender algumas coisas.

— Você também pensa assim, João? Você só fica com garotas "lindas, esbeltas etc. etc.?" — Clara mudou o jeito de falar nas últimas palavras. — E você, Felipe? Também?

Felipe ia responder, mas Eduardo não deixou. Resolveu que tinha que se explicar antes que Clara entendesse tudo errado:

— Eu não penso assim.

Clara olhou bem para ele.

114

— Não?

João, que não estava nem de longe sonhando com os objetivos de Clara com todas aquelas perguntas, entrou no meio da conversa. Deu outro tapinha nas costas de Eduardo e disse:

— Como não, Edu? Com tanta gata no seu pé! Você escolhe quem quiser. Até agora eu só vi você com umas meninas... — demorou um pouco para completar — de fazer inveja a qualquer um!

Clara estava compreendendo bem o motivo do seu namoro estar tão esquisito. Agora estava tudo explicado. Mas ela não ia se deixar abater com aquela conversa. Ao contrário, tinha mais coisas para falar para aqueles três.

— Sabe o que eu acho? — ela disse. — Vocês três são os caras mais babacas que eu já conheci em toda a minha vida!

— Nós? — disse Felipe.

— Ei! Espere um pouco aí, garota! — falou João, irritado.

— Não espero coisa nenhuma! Quem vocês pensam que são? Que conhecem da vida ou das pessoas? Não há nada dentro de vocês que realmente valha a pena? Sim, porque pra vocês enxergarem apenas o exterior das pessoas é porque o interior de vocês é muito pequeno mesmo. A parte de fora é a única coisa que vocês têm pra mostrar. O resto é oco, vazio, não serve pra nada. Pra nada! Tenho pena de todos vocês!

— Espere, Clara — pediu Eduardo, com jeito.

Ela deu as costas e saiu, pisando duro. Não tinha mais nada a fazer ali.

Maiara olhou para Eduardo com desprezo e disse:

— Que decepção... — E saiu também, atrás de sua amiga.

— Que menininha grossa! — disse Felipe.

— Eu nunca fui com o jeito dela — falou João.

— Por que a Maiara disse aquilo, Edu? — perguntou Felipe.

Eduardo ficou quieto. Sentiu-se triste. Sentiu-se um covarde. Sentiu-se um nada. Mas, ainda assim, não teve coragem de falar qualquer coisa que fosse. Só ficou quieto.

ALMOÇO EM FAMÍLIA

Priscila arrumou o seu prato e picou a carne em vários pedacinhos. Esparramou o arroz por todos os lados e colocou a maior folha de alface que tinha visto na travessa. Seu prato estava lotado de comida.

Entre uma garfada e outra, Mônica observava o jeito da filha.

Priscila fez um esforço enorme e comeu quase toda a comida. Disse à mãe que já tinha terminado e tratou logo de tirar seu prato da mesa antes que ela falasse qualquer coisa. Foi até o lixo e jogou, rapidamente, o que tinha sobrado. Em seguida, foi para o seu quarto.

Não demorou muito, a mãe abriu a porta.

Priscila estava mexendo numa das gavetas do guarda-roupa. Mônica se manteve estática, os braços cruzados, encostada no batente da porta. Depois de alguns segundos remexendo a gaveta e notando que a mãe não parava de observá-la, Priscila virou-se e a encarou:

— Que foi, mãe?

— Queria conversar.

— Agora? — Voltou a remexer a gaveta, apressadamente. — Não tem que trabalhar?

Mônica entrou.

— Vou levar você ao médico.

— Vai o quê? — Priscila fechou a gaveta com força e deu um grito, olhando para Mônica no mesmo instante.

— Já resolvi e não adianta reclamar. Você vai.

— Mas que absurdo! Como é que você resolve uma coisa sem nem ao menos me consultar?

— Você não anda se alimentando direito, Priscila. Eu estou percebendo isso.

— Ando, sim!

— Não anda, não! Se não quer ir ao médico, vai ter que me contar o que é que está acontecendo com você. E já!

Que coisa! Agora sua mãe tinha resolvido ficar de vez no seu pé. E tudo por causa de um regime? Ela sempre escutou a vida inteira a mãe falando que ia fazer regime! Qual o problema se agora era ela quem estava fazendo?

O que é que a mãe tinha que ficar perguntando "você comeu, você não comeu...". Se ao menos fosse Eduardo! Mas com este Priscila nem tinha mais esperanças. Ele estava frio, às vezes nem cumprimentá-la mais cumprimentava.

Mas tudo bem. Não queria mais pensar nisso. Ultimamente tinha ficado muito amiga de André. Ele, sim, era um cara legal e sempre falavam sobre as mesmas coisas, tinham objetivos bastante parecidos. Estava louca para começar a fazer academia junto com ele. Ainda mais que ele lhe falara que o novo professor era superlegal, dava a maior força pra tudo. Ia tentar convencer a mãe mais tarde, quando ela estivesse menos brava.

Resolveu falar com calma:

— Eu não tenho nada, mãe. Não preciso de médico.

— Como não tem nada, minha filha! — A mãe chegou mais perto. — Você está virando um palito!

— Palito? Eu? Antes fosse!

Mônica ficou em silêncio por algum tempo. Depois, pegou a filha pela mão e a fez sentar-se na cama, junto dela. Priscila foi, arrastada, fazendo cara de emburrada.

— Tenho medo de que fique doente — falou Mônica, com sinceridade.

— Eu não vou ficar doente só por causa de um regime bobo.

— Mas é isso que você não está entendendo, Priscila! Você está passando dos limites com essa história de regime! Por que isso, minha filha?

118

— Mãe, será que eu não tenho o direito de fazer o que eu quiser? O corpo não é meu?

— E por que é que você está tão insatisfeita com ele, Priscila? Por quê?

Priscila não respondeu. Na verdade, não sabia o que responder.

CONVERSA DEFINITIVA

Clara, em sua casa, estava com um olhar triste, distante. Durante todo o jantar daquela noite tinha sido assim. Quando a mãe foi procurá-la em seu quarto, viu a carinha desanimada da filha.

— O que foi, Clara? — perguntou Sueli.

— Nada.

O pai apareceu logo depois. E deu um aviso:

— O Eduardo quer falar com você.

Ela levantou os olhos e disse:

— Não quero falar com ele, pai. Mande ele ligar em outra hora. Ou melhor, fala pra ele não me ligar mais!

— Ele não está ao telefone, Clara. Está lá na sala.

Ela deu um pulo na cama.

— Na sala? Você deixou ele entrar, pai?!

— Ora! Qual o problema? Vocês brigaram?

Clara deu um suspiro antes de responder.

— Brigamos, pai.

— E como é que eu ia adivinhar? Vá até lá e mande você ele embora, então.

Clara não gostou. Não estava com a mínima vontade de ir até a sala e falar com Eduardo. Nem de olhar para ele, estava.

— Filha — disse a mãe —, a melhor maneira de resolvermos nossos problemas é conversando.

Clara levantou-se da cama e foi. Mas foi sem vontade, não queria mesmo vê-lo. Por isso, assim que o viu foi logo dizendo:

— Você não devia ter vindo aqui.

— Clara, nós precisamos conversar. Você entendeu tudo errado...

— Eu? Vamos ver se é isso mesmo. Acho que eu entendi que você tem vergonha de me apresentar como namorada para os seus amigos porque eu não tenho corpo de modelo como... como a irmã da Flavinha, por exemplo. Acertei? — falou bem cínica.

— Que é isso, Clara!

— Edu, você pensa que eu sou tonta? Aliás, acho que sou mesmo. Como é que eu pude me enganar tanto a seu respeito?

— Eu gosto de você, Clara.

— Gosta nada! Você é igualzinho ao João, que só pensa em ter as meninas pra ficar desfilando por aí.

— Isso não é verdade, Clara!

— Ah, não? Olha aqui, Eduardo. Vou ser sincera com você. Eu me enganei a seu respeito. Achei que fosse uma coisa e é outra. Isso acontece, às vezes. O que você é por fora não me interessa. Acreditei que você fosse uma pessoa melhor. Por dentro. E não é. Sabe

120

de uma coisa, Edu? Descobri que você não serve pra mim.

— Não fala assim, Clara...

— É verdade! Eu me dou muito valor, sabia, Edu? Gosto de mim exatamente do jeito que sou. Eu não preciso e não quero mudar. Em nada. Tenho amigos, tenho pais que me amam e tenho a mim mesma. Quando eu me olho no espelho, vejo uma garota feliz, com uma capacidade incrível para realizar as coisas que deseja. E linda! E essas qualidades, Eduardo, não são para qualquer um. Não são para você. Por favor, vá embora.

Eduardo olhou bem para os olhos de Clara. Achou-os frios. Não sentiu carinho nem amor. Sabia que não tinha sido correto com ela e, agora, não podia fazer mais nada. Tinha perdido Clara.

Mas, também, sentiu-se confuso no começo, ela precisava entender! Seus amigos viviam lhe dizendo coisas, o pessoal da classe... Era normal isso acontecer. Todo o mundo gostava de sair com as meninas mais bonitas. Todos os meninos!

Na verdade, nunca antes tinha parado para pensar se tudo aquilo era mesmo normal.

Clara estava parada à porta, esperando que ele saísse para então fechá-la. Fechar a porta de sua casa e de sua vida.

Eduardo resolveu fazer o que Clara estava lhe pedindo. Baixou a cabeça e saiu, sem dizer mais nada.

121

O JOGO DE HANDEBOL

Durante toda aquela semana, Priscila percebeu que Eduardo procurava Clara nos intervalos para conversar. Achou aquilo muito esquisito. Não podia ser que Eduardo estivesse a fim dela. De jeito nenhum. Não tinha nada a ver.

Mas, então, o que tanto ele queria com ela?

Podia perfeitamente notar que entre uma aula e outra, Eduardo se levantava do seu lugar para ir até o de Clara. E ela se levantava logo em seguida, falando antes qualquer coisa. Depois, ia conversar com outras pessoas, amigas e amigos que Clara já tinha feito e com quem estava se dando superbem.

Essa foi uma das razões que, naquele dia, deixou Priscila deprimida. Ficou olhando o jeito da garota, seu relacionamento com o restante do pessoal. Ficou se perguntando o que é que ela tinha que as pessoas estavam sempre próximas a ela.

Na cabeça de Priscila, isso não era possível. Clara não era uma garota atraente. Não aos seus olhos. E se não era, essa química entre amigos não podia dar certo. Só faltava, daqui a pouco, ela estar namorando também! Esse tipo de coisa fugia totalmente àquilo que Priscila pensava a respeito de relacionamentos, amizades, amor...

Numa hora em que Eduardo não estava por perto, Priscila foi procurar João e Felipe para ver se eles sabiam o que tanto Eduardo queria com Clara. Ninguém sabia. Felipe quis saber por que tanto interesse.

— Achei que já tivesse esquecido o Edu, Priscila.

Ela ficou quieta. João disse que ia procurar Eduardo e deixou os dois sozinhos.

— Fala, Priscila — insistiu Felipe. — Não esqueceu o Edu ainda, não?

Ela deu uma olhada ao redor do pátio. Viu os alunos andando de um lado para outro, rindo, contando piadas, divertindo-se. Sentiu-se triste.

— Sei lá. Acho que não — ela respondeu depois de um tempo.

— Esquece o Edu, Priscila! Você é uma garota tão linda, não merece ficar sofrendo por um cara que não te dá a mínima.

Priscila voltou a ficar quieta.

— Você me acha bonita, mesmo?

— Linda. De corpo e alma.

Nossa! Priscila nunca tinha ouvido alguém lhe falar uma coisa assim. Será que Felipe estava lhe falando aquilo só para agradá-la? Será que a mãe já tinha pedido para todo o mundo repetir essas coisas só para ela desistir do regime?

Achou que não poderia ser isso, não. Afinal, a mãe nem conhecia o Felipe.

Resolveu lhe perguntar ainda mais uma coisinha.

— Você... acha que eu tô meio fora de forma... precisando emagrecer um pouco...

— Você? Fora de forma? Que loucura, Priscila! Você até parece uma modelo!

123

— Modelo? Eu?

— Já parou pra se olhar no espelho?

Felipe só podia estar brincando! Olhar-se no espelho! Era o que vivia fazendo, ora essa! Mas não era a mesma imagem que via. Não era possível que ela e Felipe estivessem falando da mesma pessoa. Ela, Priscila, modelo?

— Olha, Felipe, se você falar com o Edu...

Felipe fez uma cara de decepção. Por um momento, achou que ela tivesse se esquecido do nome do amigo. Por que Eduardo não podia sair de uma vez por todas da cabeça de Priscila?

Ela baixou o olhar. Um olhar de tristeza. Felipe ficou esperando que ela terminasse a frase.

— Deixa pra lá. Não fala nada, não.

— Então, vê se anima essa carinha e vamos para a quadra. A Deise já está lá esperando por nós.

Ela bem que tentou. Deu um risinho meio forçado e acompanhou Felipe.

Chegaram à quadra e Priscila foi escolhida para entrar no primeiro jogo. Não estava muito animada, sentia-se meio fraca, sem vontade de correr ou fazer qualquer outra coisa parecida, mas achou melhor não pedir para ser dispensada.

Juliana estava no seu time. De vez em quando passava a bola para ela e a incentivava a correr para o gol. Priscila se esforçava e fazia boas jogadas.

Numa dessas vezes, Juliana gritou:

— Vai, logo, Pri! Marca um gol que você é boa nisso!

124

Priscila mirou a bola vindo em sua direção e a agarrou. Olhou para frente e correu, quicando a bola. Viu uma das adversárias vindo em sua direção para marcá-la. Deu uma parada e olhou para uma das companheiras do time, logo mais à frente. Passou a bola e correu para recebê-la novamente. Estava perto do gol. Tinha bastante habilidade, certamente ia conseguir marcar.

Sua intuição estava certa. A garota quicou a bola e lhe passou. Priscila deu uma virada rápida, viu a trave, a goleira se posicionando à espera da jogada da adversária. Estava perto, muito perto.

Mas Priscila foi se sentindo meio mole, foi ficando gelada. Tentou engolir a saliva, mas a boca estava seca. Fez força para sair do lugar, quicou a bola no chão ainda mais umas duas vezes. Parou. Olhou para as garotas, duplicando-se muito rapidamente. Fechou os olhos, piscando com força, como se tentasse desanuviar a escuridão que estava se formando bem ali na sua frente. Sentia as forças esvaindo-se do seu corpo.

A bola caiu de sua mão. Não tinha mais nenhuma certeza onde estaria a trave do gol. Um gol que, nesse dia, não ia chegar a marcar.

HOSPITAL

O pai estava viajando, mas Mônica largou o trabalho e foi correndo à escola, assim que a avisaram.

Priscila já tinha se recuperado do desmaio, mas ainda estava muito pálida, o corpo mole.

Antes de levá-la ao pronto-socorro, a mãe foi avisada pela professora Deise que já era a segunda vez que isso acontecia. Pelo menos, que tomara conhecimento. Quis saber se Priscila não tinha contado nada. Claro que não tinha.

Mônica ficou surpresa. Chorou. Sentiu-se arrasada.

No hospital, o médico fez algumas perguntas. Perguntou se tinha pessoas diabéticas na família. Mônica negou.

— Precisamos descobrir o porquê de sua filha estar desmaiando. Estou percebendo que ela está muito magra, parece desnutrida.

Mônica confirmou com a cabeça.

— Ela anda fazendo um regime por conta própria. Já cansei de falar com ela, mas ela não me ouve!

— Nós vamos fazer alguns exames, vamos ver como está a dose de glicose e depois conversamos. Vamos ter que interná-la por algumas horas.

Novamente, Mônica assentiu com a cabeça.

Em pouco tempo, o resultado do hemograma estava pronto: glicemia baixa. A enfermeira colocou em Priscila soro com glicose e vitaminas.

O médico voltou para conversar com Mônica na sala de espera. Disse que, como ele imaginava, Priscila tinha tido um quadro de hipoglicemia. Em outras palavras, falta de comida mesmo. Além disso, estava anêmica e precisava de tratamento.

— Imagine — ele disse, em certo momento da conversa —, este é mesmo um país de contrastes.

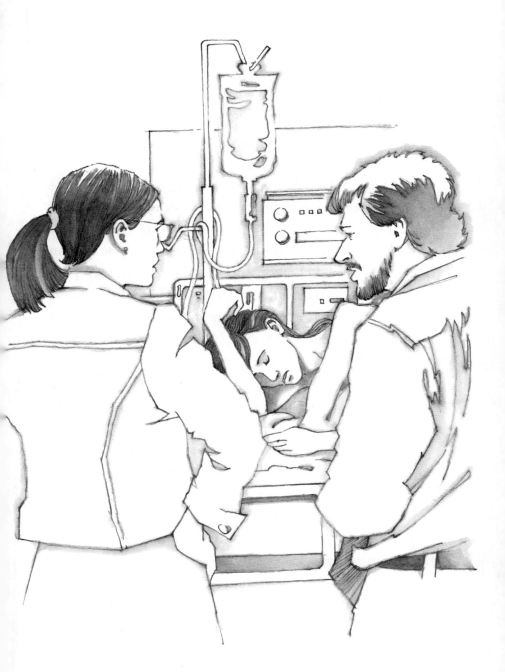

Enquanto uma parcela da população passa fome por não ter comida, algumas pessoas resolvem privar-se dela, chegando mesmo a passar fome, por escolha própria.

Mônica não disse nada. Respirou fundo. O médico conversou mais um pouco com ela e depois disse que tinha outros pacientes para visitar, mas que mais tarde ainda voltariam a conversar.

Quando Priscila melhorou, antes de o médico lhe dar alta, ele teve uma séria conversa com ela e com sua mãe. Disse coisas com que Priscila não conseguia concordar de jeito nenhum. A informação principal era que ela já estava abaixo do peso que se esperava para uma garota na sua idade e com a sua altura. Era preciso se alimentar melhor, antes que entrasse numa anemia profunda. Ou tudo isso acabasse se transformando numa doença ainda pior e fatal: a anorexia.

Mônica saiu de lá tão preocupada quanto chegou. O médico a aconselhara a procurar um psicólogo para ajudar a filha. Não adiantava ele, apenas como médico, dizer à garota que não precisava de regime, que tinha de parar com aquilo imediatamente, que não poderia ficar fazendo exercícios do jeito que fazia. Não adiantava. Priscila é que teria de começar a enxergar por ela mesma, principalmente, os motivos pelos quais estaria fazendo tudo aquilo.

"O médico está certo", pensou Mônica, no caminho de volta, enquanto dirigia. "Por que é que ela está fazendo isso, meu Deus do céu? Por que não está contente do jeito que é?"

128

Antes, Mônica não poderia sequer supor que as coisas estivessem chegando a esse ponto. A pergunta que não lhe saía da cabeça desde que deixara o hospital era "por quê?".

Por quê? Uma garota tão bonita, privando-se de comer a ponto de desmaiar? Mônica não conseguia entender. Seria sua culpa por ter achado no início que tudo que se passava era normal, coisa passageira, própria de adolescente? Por quê, meu Deus?

Isso ela não sabia explicar. Talvez nem mesmo a própria Priscila soubesse. Para ela, era simples: não se sentia bem do jeito que estava. Achava que as pessoas jamais iriam gostar dela de verdade enquanto não parecesse mais bonita.

Giuliana Fontes sempre parecia tão feliz nas fotos! E era claro que era feliz! Por que não seria? Como não ser feliz quando se tem um rosto lindo, um corpo perfeito? Como?

Para Priscila, isso era quase uma equação matemática, não tinha erro. Não poderia ter.

Mas o que Priscila não sabia era que ela já era bonita, já era magra, já tinha um corpo bonito. Isso, aos olhos dos outros. Não aos seus.

De uns tempos para cá, colocara na sua cabeça que toda razão de sua infelicidade era essa. Todas as suas frustrações, todas as suas inseguranças seriam derrubadas assim que sua imagem mudasse. Mudasse para quem?

As duas voltaram caladas no carro.

129

Mônica parou no sinal vermelho. Deu uma olhada para a filha e pegou em seu braço. Ela olhou.

— Você já é bonita, Priscila. E eu te amo assim. Do jeitinho que você é.

Priscila não disse nada. Piscou devagar, conservando por uns segundos os olhos fechados. Depois, olhou para frente, para o sinal.

Ficou pensativa. Queria muito que sua imagem mudasse. Mas mudasse para quem? Mudasse para quê?

A CHEGADA DO PAI

Tão logo pôde, o pai de Priscila voltou para casa. Ainda tinha algumas cidades para passar, mas mudou seus planos. Tinha que estar em casa e ver o que estava acontecendo com a filha.

Quando Mônica lhe contou tudo pelo telefone naquela noite, ele quase enlouquecera de preocupação. Uma preocupação que se misturava com sentimento de culpa e remorso por não estar sempre por perto.

Ele bem que desconfiou que alguma coisa estava errada. Bem que desconfiou. Mas a sua vida, a sua rotina estressante de estar sempre de uma cidade a outra, acabou fazendo com que se distanciasse dos filhos, que não soubesse mais definir quando era realidade ou quando era apenas uma fantasia da sua cabeça.

Como podia achar que era apenas uma impressão sua? Todos na casa estavam falando que Priscila não estava comendo, que estava sempre de regime. E ele também achou, como Mônica, que nada era problema, que tudo estava bem. E isso lhe doía no peito a cada vez que se lembrava.

Mas ele ia resolver. Pensou o tempo todo enquanto dirigia. A estrada o fazia pensar, pensar e pensar. Ia saber como resolver tudo. Não queria sua filha doente.

Assim que entrou pela porta, correu para abraçá-la. Priscila estava deitada no sofá, assistindo à tevê.

— Filha! Que susto você me deu, menina!

Ela deu um sorriso.

— Eu já tô bem, pai. Foi só uma tontura.

— Não foi só uma tontura, Priscila! — falou Mônica, com firmeza. Ela tinha escutado a voz do marido e veio até a sala. Ficou em pé, os braços cruzados, olhando veementemente para os dois. — E você sabe disso!

Priscila olhou para a mãe. Desmanchou o sorriso de momentos antes e fez cara de quem não tinha gostado nem um pouco do comentário. Se tivesse que ficar ouvindo sermão de agora em diante, as coisas não iam ser fáceis. Não iam, não.

Mas antes que falasse alguma coisa, que discordasse ou argumentasse, o pai tomou a frente:

— Vê se agora, Mônica, você cuida melhor da sua filha.

— Eu? Há! Essa é boa! Então, você está querendo dizer que eu não cuido? É isso?

— Não estou dizendo isso. Só estou dizendo para você cuidar melhor.

— Não, senhor. Você está querendo dizer isso mesmo!

— Se você entendeu assim, é porque anda mesmo com a consciência pesada.

— Mas que injustiça! — Mônica levantou o tom de voz. Ela andava pela sala, gesticulando muito. — Faço de tudo nessa casa, trabalho o dia inteiro e ainda tenho que ouvir uma coisa dessas?

O pai levantou-se também. Deixou Priscila no sofá e se aproximou de Mônica.

— Mas você tem os filhos para cuidar também, poxa vida!

— E por acaso você não tem?

— Mas eu não estou sempre por aqui, ora!

— Então não venha passar a sua parte da responsabilidade para mim! Que é que você tá pensando? Se eu sou a mãe, você é o pai! Assuma a sua responsabilidade também, ora essa!

Priscila estava ficando atordoada com aquela gritaria. Sim, porque ninguém por ali estava conversando mais.

Robson saiu do quarto e veio ver o que estava acontecendo. Nunca tinha visto seus pais brigarem desse jeito. O pior era que Priscila também não. E tudo isso estava acontecendo agora por sua causa. Somente por sua causa.

Sentiu-se péssima, pior do que antes. Sua vida realmente estava toda errada e não sabia mais o que fazer.

— Olha aqui, Mônica — Guilherme continuou.
— Você pensa que eu não preferia estar num emprego que me deixasse passar todos os dias com vocês? Pensa que eu não queria, Mônica?

Priscila não deixou a mãe responder.

— Eu queria que vocês parassem de brigar por minha causa. Não tô me sentindo muito bem...

Os dois correram para se sentar juntinho dela. Um de cada lado.

— Você não está bem, Priscila? — Mônica perguntou.

— O que é que você tem? — perguntou Guilherme, pegando em sua mão. — Está sentindo o quê?

Ela respirou fundo. Não respondeu. Olhou primeiro para a mãe, depois para o pai. Viu o rosto de cada um, os olhos que transbordavam preocupação.

— Fala, filha! — o pai insistiu. — Está sentindo o quê?

E ela finalmente falou:

— Tristeza.

NOVA TENTATIVA

Alguns dias se passaram e Eduardo resolveu que tinha que insistir com Clara. Não podia perder aquela garota desse modo. Não por causa de uma série de mal-entendidos. Tinha que tentar. Pelo menos, fazer com que Clara ouvisse o que ele tinha para dizer.

133

— Por favor, Clara, vamos conversar!

— Não temos nada que conversar, Eduardo! Já te falei! Some da minha vida! Desaparece!

— Mas, Clara! A gente se dá tão bem, gosta das mesmas coisas...

Ela olhou para ele com desprezo e falou:

— Não é em tudo que a gente concorda, que pensa igual.

Clara e Eduardo estavam no portão da escola. Felipe e João apareceram.

— Vamos, Edu! — disse João, todo sério. Aquela história de Clara tê-lo chamado de babaca ainda estava engasgada em sua garganta.

Eduardo virou-se rapidamente para eles.

— Não vou com vocês — falou sério. — Preciso falar com a Clara.

Primeiro ela deu uma olhadinha para os amigos de Eduardo, depois para ele.

— Por favor, Clara, vamos conversar!

João e Felipe estranharam o comportamento do amigo. Olharam-se espantados.

O Eduardo, pedindo por favor para conversar com uma menina que também o tinha chamado de babaca? Justo o Eduardo? O carinha que conseguia todas as meninas que queria? Sempre as mais lindas? Aquilo estava ficando pra lá de estranho. Ninguém estava compreendendo nada.

Clara respirou fundo e depois falou, com mais calma agora:

134

— Eu que peço por favor, Eduardo. Não me procure mais.

Que coisa mais esquisita! João não aguentou:

— Ô, Edu, eu não tô entendendo nada, cara! — ele disse, franzindo as sobrancelhas. — Que é que você tá querendo tanto com essa menina que esculhambou com a gente no outro dia, hein?

Clara já tinha aberto a boca para falar, para "esculhambar" de novo com aquele garoto, como ele mesmo tinha dito, mas mudou de ideia. Queria ver o que Eduardo tinha para responder ao amigo.

Eduardo olhou para João e Felipe. Eles estavam com cara de interrogação. Depois olhou para Clara. Ela parecia calma, o olhar tranquilo. Ele sabia que seria este o momento de provar a ela o quanto estava arrependido, o quanto tinha sido infantil com as suas atitudes e o quanto não tinha sido digno de seu amor.

Fixou ainda mais seu olhar em Clara. Viu seu rosto redondinho, os cabelos loiros, compridos, alguns cachinhos acariciando aquela pele clara, rosada, a boca tão delicada, os olhos verdes tão claros, transparentes, envolventes, olhos que revelavam a sua alma, a sua personalidade, o seu jeito de encarar a vida, o mundo, as pessoas... olhos que tinham lhe mostrado tanta coisa diferente! Como ela era linda! Sentiu-se louco de amor por ela. Uma vontade grande de agarrá-la, de lhe dar um beijo como aquele da praia, e também um medo igualmente louco de perdê-la para sempre.

Eduardo sentiu que não tinha que responder, não tinha que dar explicações para seus dois amigos que lhe cobravam agora uma resposta, mas que, antes, cobravam todas as suas atitudes, o que devia e o que não devia fazer, como tinha ou não tinha que ser o seu relacionamento com as garotas.

Não, ele não tinha que fazer nada disso. Foi por isso que não falou nada a João e Felipe. Foi por isso que só quis dizer a Clara. Foi por isso que olhou fundo em seus olhos e abriu seu coração.

— Clara, eu sei que fui um estúpido, mas por favor me perdoe. Eu te amo, Clara. De verdade! Amo você! E eu quero ser seu namorado! Quero que você me aceite. Por favor, acredite em mim!

João e Felipe arregalaram os olhos. Não disseram nada, simplesmente perderam a voz.

Clara olhou carinhosamente para Eduardo. Viu que estava sendo sincero.

— Ninguém é perfeito, Clara. Eu errei, eu sei disso. Fui um fraco, você tinha toda a razão do mundo para me expulsar de sua casa e dizer que eu não te merecia. Mas eu queria muito uma chance, Clara. Por favor...

Clara continuou calada. Mordeu os lábios. Sorriu. Ele chegou perto. Jogou seus cabelos para trás do ombro e segurou seu rosto com as duas mãos. E beijaram-se.

João e Felipe saíram. Não tinham nada que ficar ali, nem que conversar, nem que perguntar. Já tinham entendido.

Muita gente passou, muita gente viu, muita gente nem percebeu.

Eduardo começou a pensar que tinha aprendido muita coisa com Clara. Que tinha realmente amadurecido. Que nunca antes tinha sentido algo assim por nenhuma outra garota.

Eduardo começou a pensar que tinha, de verdade, descoberto o amor.

A NOTÍCIA

Juliana fez de tudo para evitar que Priscila ficasse sabendo. Ela mesma tirou a amiga rapidinho da classe na hora do intervalo e a levou para o pátio, do pátio para a cantina, da cantina para a quadra.

Mas, claro, não houve jeito. Eduardo e Clara andavam por todos os cantos, abraçados, sorridentes e, principalmente, felizes.

Priscila teve um choque quando viu. Juliana ainda segurou seu braço com força e disse:

— Não liga. Ele só tá querendo se divertir um pouco.

Priscila chorou. Ficou triste demais, ficou deprimida, sem vontade de voltar para a aula. Como voltar para a mesma sala de aula que eles dois? Como ficar vendo, a cada minuto, aquela demonstração horrível de felicidade? Será que Eduardo já tinha ficado assim feliz com ela? Pelo menos uma vez?

Tantas perguntas se passavam pela sua cabeça! Tantas! Mas não conseguia responder a nenhuma delas, não conseguia entender. Por quê? Por que Clara? Por que não ela? Por quê?

Priscila queria ir embora, sumir de uma vez, fugir, desaparecer!

Disse a Juliana para entrar na classe que ela já ia. Só queria ir até o banheiro, lavar o rosto. Sozinha.

Juliana insistiu, não queria de jeito nenhum deixá-la, ela bem sabia de suas crises de depressão, de como se sentia mal. Mas Priscila pediu. E séria. Queria mesmo ficar sozinha.

Juliana foi para a classe. Felipe, de longe, observava Priscila o tempo todo. Viu quando ela saiu do banheiro rumo ao portão da escola.

— Priscila! — gritou.

Ela não olhou, apesar de ter escutado o seu nome. Nada mais era importante ali na escola nessa hora, precisava sair de lá o quanto antes.

— Priscila! Espere! — Felipe deu uma corrida.

Priscila só parou depois que Felipe segurou o seu braço.

— Aonde é que você vai?

— Não quero falar com você, Felipe!

Priscila fez um gesto com seu ombro a fim de se livrar da mão de Felipe. Recomeçou a caminhar.

— Espere, Priscila! Eu vou com você.

Ela parou e olhou para ele. Um olhar firme.

— Vai aonde?

138

— Não sei. Aonde você for.

— Há! Essa é boa! Se nem a Juliana, que é minha melhor amiga... — ela baixou o tom de voz —, minha única amiga. Se nem a Juliana eu quis que viesse comigo! Me deixa em paz, Felipe!

— Vamos conversar, Priscila! Eu tô vendo que você não tá bem. Deixa eu te ajudar!

— Ajudar? Ajudar em quê?

Priscila recomeçou a chorar. Não queria, mas não conseguiu se controlar na frente dele. Só conseguiu murmurar:

— Não tem nada pra me ajudar.

Felipe pegou novamente o seu braço.

— Vamos sentar ali naquele banco — mostrou.

Ela balançou a cabeça.

— Não, Felipe, eu vou embora.

— Mas você não pode sair desse jeito, Priscila! Vamos nos sentar ali. Se aparecer alguém da escola, eu digo que você não está passando bem e que eu estou com você. É melhor, Priscila.

Ela ficou quieta. Não tinha forças para discutir com Felipe. Queria morrer.

— Não tem ninguém aqui fora agora, Priscila, estão todos na classe. Ninguém vai vir te amolar, ninguém vai te ver ou falar qualquer coisa. Deixa eu ficar com você e te ajudar!

Ela desistiu. Não tinha mais forças. Felipe a levou para o banco do qual tinha falado.

Priscila ficou um tempo quieta, olhando para o

nada, querendo entender uma porção de coisas, querendo entender por que era tão infeliz, por que sua vida não mudava nunca, por mais que se esforçasse no regime, nos exercícios, por mais que tentasse fazer com que sua imagem fosse sempre a melhor possível.

— Por quê, Felipe? — disse, olhando para a frente, para um vazio distante.

Felipe pegou em sua mão.

— Acho que ele gosta dela.

Priscila virou-se rapidamente para ele, os olhos arregalados, como se aquilo que acabara de ouvir fosse uma loucura. Felipe pôde ver aqueles olhos vermelhos de tanto chorar, aquele olhar tão sofrido, que não combinava nem um pouco com uma garota tão delicada como ela. A garota mais linda que já tinha visto na vida. A garota que ele gostaria de estar namorando há muito tempo.

— Você acha? — ela perguntou.

Ele apenas confirmou com a cabeça.

— Mas por quê? O que ela tem que eu não tenho? O quê, Felipe? Me responde!

— Priscila, vocês duas são diferentes. Não tem que ficar comparando. Cada uma é uma.

— Mas você me disse uma vez que me achava linda! Não é verdade?

— Claro que é, Priscila! Você é a garota mais linda que eu conheço!

— Mas o Edu não acha. — Ela virou o rosto outra vez para frente. Felipe tocou a mão em seu rosto e o trouxe de volta.

— Ele acha, sim. Várias vezes conversamos a seu respeito. Todo o mundo te acha linda.
— Então, por quê, Felipe?
— Não sei, Priscila. Eu não sei. Já te disse, acho que ele gosta dela.
— Ele disse isso?
Felipe ficou calado. Não queria magoá-la ainda mais, mas o que ia dizer? Se ele pudesse fazer com que ela gostasse dele, que se esquecesse de uma vez por todas de seu amigo!
— É pra ser sincero, Priscila?
Priscila baixou o olhar, piscou devagar.
— Já entendi — ela respondeu. Em seguida, olhou para ele. — Não precisa falar mais nada.
Priscila resolveu pedir na secretaria para ser dispensada do restante das aulas. Felipe foi junto, disse que ela estava passando mal. Disse também que depois levava seu material em casa. Ela agradeceu, mas pediu para que ele pegasse agora, que ela mesma levava. Não queria ver ninguém hoje. Precisava ficar sozinha e pensar. Sozinha. Sozinha como sempre.

CONVERSA COM A MÃE

Assim que Mônica pôs os pés em casa, Robson foi logo falando que, quando ele chegou da escola com a perua, a Priscila já estava lá.

A mãe ficou preocupada e foi direto para o quarto da filha.

O pai não estava em casa, já tinha retomado o trabalho. Aquele mal-estar entre Mônica e Guilherme ainda não tinha passado. Conversaram, tentaram redimir culpas, frustrações, mas ele acabou indo viajar magoado, deixando-a magoada também. Mas, como ele mesmo dissera antes de partir, as coisas iam acabar se ajeitando. Mônica rezou para que o marido estivesse certo.

— Saí mais cedo, mãe — disse Priscila, assim que a mãe lhe perguntou sobre o que teria acontecido na escola.

— Mas por quê, Priscila? Não estava se sentindo bem?

— Não.

Priscila tinha recomeçado a chorar.

— Que foi, Priscila? — A mãe se aproximou mais. Fez um carinho em seus cabelos, tirando-os do rosto. Ela estava deitada na cama, agarrada ao travesseiro. — Que é que você tem?

Priscila não respondeu, começou a chorar ainda mais. Deitou sua cabeça no colo da mãe e a abraçou.

— Por que você está tão triste, Priscila? Fizeram alguma coisa pra você? O que foi?

— Ah, mãe... minha vida tá toda errada.

— Por quê, Priscila? Conta pra mim!

Priscila levantou um pouco a cabeça.

— A gente nunca conversou sobre essas coisas.

— Mas podemos conversar agora. Fala, Priscila!

Ela deitou-se outra vez. Parou de chorar.

142

— Gosto do Edu faz tanto tempo...

— E ele não gosta de você? É isso?

Ela balançou a cabeça, confirmando. Mas logo ela se levantou outra vez, num impulso, com raiva.

— Ele tá namorando uma menina horrorosa, mãe!

— Horrorosa?

— Ah... eu acho — falou mais calma. — Pelo jeito, ele não.

Lentamente, ela foi procurando o colo da mãe outra vez.

— Priscila, essas coisas de ser bonito...

— Que é que tem?

— É tão pessoal, Priscila!

— Mas por que ela foi namorar justo o cara que eu amo! Não combina com ela! Ela não é bonita igual a ele!

— Olha, Priscila, se você quiser falar sobre isso, a gente fala. Eu não quero que você fique ainda mais magoada, mas...

— Mas o quê, mãe?

— Não é isso que conta, filha. Não é isso.

— Como não, mãe!

— Olhe pra você, filha. Você é linda e nem por isso está com o Edu.

— Eu não sou linda!

— Priscila! O que é que está acontecendo com você, minha filha? Por que essa eterna briga consigo mesma? Isso está ficando sério, Priscila!

Ela se levantou. Não queria ficar ouvindo nenhum sermão. Se fosse assim, era melhor a mãe sair do seu quarto.

— Quero ficar sozinha.

— Eu não vou deixar você sozinha, Priscila. Vamos conversar.

— Eu não quero mais conversar, mãe!

Mônica puxou a filha para sentar-se na cama. Ela foi a contragosto.

— Por que tudo isso? Eu não consigo entender! — sua mãe disse.

— O que você não consegue entender? O porquê do Edu ter me trocado por outra?

— Não, Priscila. Não é isso. O porquê de você não gostar de você mesma.

— Eu? Que absurdo!

— Absurdo, Priscila? Se fosse absurdo, você não estaria implicando tanto assim com a sua imagem! Não é a sua imagem que tanto está te aborrecendo, Priscila! É você. Você precisa se perguntar o que é que está te deixando infeliz. Por dentro.

— Virou psicóloga agora, mãe?

Ela balançou a cabeça de um lado para outro.

— Só quero que você seja feliz, filha. Só isso.

O CHOQUE

Algum tempo depois dessa conversa, Priscila ouviu uma notícia pela televisão que a deixou chocada: Giuliana Fontes havia cancelado todos os desfiles da temporada, pois entrara numa depressão profunda e estava se recuperando num desses hotéis tranquilos do interior.

Mônica estava jantando com Robson, por isso nem teria ficado sabendo de nada se não fosse pelo grito que a filha dera.

— Mãe! Mãe, corre aqui!

Ela até se assustou. Foi mesmo correndo ver o que tinha acontecido.

— Que foi, menina?

— A Giuliana Fontes, mãe!

— Quem?

— A Giuliana! A modelo!

Mônica deu uma torcida de nariz. Então a maluca da filha a tinha tirado do seu jantar para lhe falar de uma modelo que sequer conhecia?

Priscila continuou falando:

— A Giuliana, mãe, cancelou todos os desfiles. Tá doente!

— Ah, é? — a mãe falou com pouco-caso. — E daí?

— Ela tá com depressão profunda. Falou aí, agorinha mesmo, no jornal.

A mãe ficou séria.

— Verdade?

— Verdade. Como é que pode, mãe? Uma garota tão linda como ela, ficar assim, deprimida?

Mônica não disse nada. Devagar, foi sentar-se no sofá ao lado da filha, que ainda estava com os olhos grudados na tela da tevê à espera de mais alguma notícia.

— Puxa, mãe! Eu nunca imaginei que a Giuliana pudesse ficar deprimida!

146

Mônica olhou a filha, que estranhava muito aquela notícia, como se qualquer coisa desse gênero fosse mesmo impossível de acontecer com a tal Giuliana.

— E por que é que você nunca imaginou isso, Priscila?

Priscila olhou para a mãe com estranheza.

— Ora, mãe! A Giuliana é maravilhosa, tem tudo o que ela quer!

— Quem te disse?

— Quem me disse? — Ela encarou a mãe. — Ninguém me disse. Você acha que é preciso dizer?

— Filha, você está confundindo as coisas.

— Eu?

— É. Você. Quem disse que só porque uma pessoa é bonita, famosa, não pode ser ou, pelo menos, estar infeliz em algum determinado momento da vida dela?

— A Giuliana? Infeliz? — Priscila riu.

— É, filha. A Giuliana ou qualquer outra pessoa. Famosa ou não. Bonita ou não.

— Mas, mãe! Ela não tem motivo!

— Só porque é linda, só porque é famosa, só porque é muito rica? Vai ver não tem ninguém que a ame de verdade...

— O quê? — Priscila não deixou a mãe terminar de falar. Era um absurdo aquilo que estava ouvindo. — Linda daquele jeito?

— Priscila, você só está levando em conta o que a pessoa é por fora, minha filha! E se ela está com depres-

147

são, não é porque ela é linda e famosa. É por causa de alguma coisa que está dentro dela, em seu interior, Priscila! Nós somos seres humanos, acima de tudo, minha filha! Com sentimentos, com fraquezas, com frustrações, com alegrias.

Priscila ficou quieta. Até que parecia ter algum sentido aquilo tudo que a mãe lhe falava. Na sua cabeça, Giuliana Fontes jamais ficaria doente por depressão e, se ela estava, alguma coisa realmente não batia com o jeito que sempre pensara antes.

A mãe aproveitou seu silêncio para continuar. Achou bom, pelo menos ela não estava brigando, nem discordando dela.

— Quando uma pessoa está feliz, Priscila, a sua imagem muda. E muda para ela mesma. E aí, sim, é que ela vai se achar bonita, inteligente, rodeada de amigos, feliz. Caso contrário, ela se acha feia, que não tem ninguém que goste dela, sente-se a pior das mortais.

Priscila franziu as sobrancelhas e encarou a mãe:

— Você tá querendo dizer que a Giuliana se acha feia?

— Vamos parar de falar na Giuliana. Vamos falar de você.

Ela virou o rosto para a frente outra vez.

— Eu não quero falar de mim.

— O que a está deixando infeliz? Talvez a culpa seja minha que não levei tão a sério aquela sua história de regime, de querer ficar cada vez mais parecida com a tal modelo... Mas tudo isso serve para nos avisar que você tem coisas pra resolver. Aí dentro de você.

Priscila ficou quieta.

— Fala pra mim — a mãe pediu.

— Não tenho nada pra falar, mãe.

Priscila ficou em silêncio outra vez. Mônica não quis atropelar as coisas. Esperou que ela continuasse. E foi isso que ela fez:

— Eu apenas sinto.

— Talvez aquilo que o médico falou... — foi dizendo com cuidado. — Talvez, Priscila, poderíamos conversar com um psicólogo...

Mônica deixou a frase no ar para ver se a filha reclamava ou mesmo falava alguma coisa. Não falou. Estava com a cabeça baixa, triste outra vez.

— Vamos, Priscila! — A mãe aproveitou para insistir. — Ele pode te ajudar, filha!

UM COMEÇO DIFÍCIL

Não foi fácil para Priscila ver Eduardo e Clara na escola todos os dias, abraçados, trocando carícias, beijando-se. Mas estava se esforçando muito para compreender melhor as coisas, compreender melhor ela mesma.

Ela tinha concordado com a mãe e uma vez por semana estava fazendo terapia com um psicólogo.

O seu grande desafio era, antes de tudo, fazer uma coisa que jamais tinha passado pela sua cabeça, sempre preocupada em agradar, em parecer mais bonita: conhecer-se. Era nisso que tinha que pensar agora. Precisava saber quem era Priscila, o que desejava, o que tinha de bom, o que tinha para aprender e melhorar.

Quem era Priscila?

Às vezes pegava-se rindo quando perguntava isso para ela mesma. Nunca antes tinha parado para pensar em responder uma pergunta dessas. Mas precisava. Precisava muito conhecer-se, amar-se. Principalmente, amar-se, para depois amar outra pessoa. Por inteiro, de verdade, por dentro.

Quando chegava a pensar que poderia ter ficado seriamente doente, ou até mesmo ter morrido, sentia-se tão triste, tão deprimida! Aí uma sensação ruim surgia de novo dentro dela. Mas sabia que não era nisso que tinha que pensar. O que passou, era para deixar para trás. De uma vez. O que contava era daqui para frente. Só isso.

Juliana, sempre inseparável, foi uma das primeiras a notar que ela estava diferente.

— Você acha mesmo, Ju?

— Acho, Pri. Até falando diferente, você está! Parou com aquela história de Giuliana pra cá, Giuliana pra lá...

Priscila achou graça.

— Deixa a Giuliana, né, Ju. Nem sei se ela já se recuperou direito da depressão...

— Coitada, né, Pri? Como é que pode, uma modelo que tem o mundo aos seus pés ficar assim...

Priscila olhou séria para ela.

— É o nosso mundo que importa, Ju. O nosso mundo interior. É dele que precisamos para sermos felizes de verdade.

A amiga arregalou os olhos:

— Nossa, Priscila! Que coisa mais bonita que você falou!

Priscila riu.

— Ando aprendendo umas coisas... Sabe, Ju, eu e meus pais estamos pensando em fazer uma viagem bem legal nas férias. Estamos programando, já que falta tão pouco tempo pra isso.

— Ah, é? E pra onde, Pri?

— Ainda não sabemos. Mas a gente resolveu que vai ser para um lugar que tenha muito verde, muitas cachoeiras pra gente entrar debaixo e ficar ouvindo aquele barulhinho gostoso da água caindo, trazendo tanta energia boa...

Juliana deu um sorriso. Fazia cara de quem não tinha entendido direito o que a amiga estava falando.

— Não tô acreditando no que eu tô ouvindo, Priscila! Não era você que se dizia "do asfalto"?

Priscila riu outra vez. Era verdade. Quantas vezes não tinha falado isso, assim meio de brincadeira, com o pessoal da classe? Quantas vezes ela não afirmara para quem quisesse ouvir que não tinha nada a ver com essas coisas de natureza, meio ambiente... Quantas?

— Eu tô precisando passar uns dias comigo mesma, Ju — explicou. — Eu só, não. Acho que em casa, todo o mundo está. E eu tenho certeza de que uma viagem assim vai me ajudar muito nesse processo que eu estou vivendo agora, de querer me conhecer melhor, descobrir novos valores, saber o que realmente é importante e vale a pena, enfim, vai me ajudar a encarar a vida de um outro modo... — Priscila falou.

— E como é que você tá encarando a vida agora sem o Edu?

— Não quero falar do Edu, Juliana. Perdi muito tempo por causa dele. Nem sei se era amor mesmo o que eu sentia. Vai ver só achava que ele era um cara bonito, atraente... Talvez fosse uma obsessão, aquela coisa de eu ter, a vida inteira, valorizado tanto a beleza, colocado sempre o exterior das pessoas acima de tudo... Não sei. Só sei que ainda não estou pronta para gostar de alguém de verdade.

— Eu vou esperar você ficar pronta, Priscila.

Priscila olhou para trás. Viu Felipe.

— Felipe?

— Estava vindo falar com você e escutei a última parte da sua conversa.

Juliana se despediu, deixando os dois conversarem sozinhos. Não tinham muito tempo, logo ia dar o sinal do intervalo e eles teriam que voltar para a classe.

— Olha, Felipe, você é um bom amigo, não vou esquecer aquele dia em que ficou comigo quando eu estava precisando tanto...

— Quero ficar sempre. Quando você quiser, Priscila. Não é de hoje que eu gosto de você. Não é de hoje.

— Você ouviu bem o que eu disse à Juliana. Eu preciso arrumar um monte de coisas aqui dentro. — Priscila colocou a mão no peito.

— E você ouviu quando eu disse que esperava.

Priscila sorriu. Eduardo nunca tinha lhe falado assim, nem outros meninos com quem já havia ficado. Sentiu algo bom em relação a Felipe. Sentiu que ele estava sendo sincero, que estava realmente se importando com ela, com o que era como pessoa, independentemente de como era por fora, se era bonita ou não, valores a que sempre, a vida inteira, ela deu tanta importância e que, agora, não pareciam mais ter o mesmo destaque em sua vida.

O que tinha adiantado tanta preocupação em querer sempre ser mais bonita? O que a beleza trouxera de verdade para sua vida? Quais as conquistas efetivas que ocorreram? Nada. Nada vezes nada. Era isso.

— Sabe, Felipe, você falou uma coisa uma vez que mexeu muito comigo. E quando eu me lembro agora, mexe ainda mais porque antes ninguém nunca tinha me mostrado o outro lado das coisas.

Felipe franziu as sobrancelhas.

— O quê?

— Quando eu te perguntei se eu era bonita.

Felipe deu um sorriso.

— É claro que eu disse que sim. Tenho certeza.

— Mas você falou de um outro jeito. Você se lembra?

Felipe ficou tentando se lembrar. Quando teria sido isso? No dia em que ficaram juntos conversando no banco do pátio? Ou antes ainda?

Priscila interrompeu seu pensamento:

— Você me disse que eu era bonita de corpo e alma.

Felipe balançou a cabeça.

— Eu me lembro agora. E é o que eu ainda penso. Eu gosto de você pelo que você é, Priscila. Como pessoa. Não é só porque você é a menina mais linda que eu já conheci na minha vida. Gosto de você por inteiro. Eu te admiro, te acho maravilhosa. E quero que você se ache assim também.

Priscila pegou na mão de Felipe e apertou, de levinho. Sorriu para ele.

— Estou começando a achar, Felipe.

A BOMBA

André chegou mal do intervalo. Entrou para a classe com os mesmos sintomas do outro dia: uma dor de cabeça forte, tontura, náusea, a visão ficando turva... Não estava bem, nem um pouco.

Procurou o seu lugar. Os amigos perceberam que estava ficando estranho.

— Que foi, André? — perguntou Rafael, que se sentava ao seu lado.

— Nada. Só uma indisposição passageira.

A tontura estava aumentando. Ele foi ficando agitado, sentindo o coração acelerado. Segurou-se firme na carteira, pois, apesar de estar sentado, tinha a nítida sensação de que ia cair se não se agarrasse em alguma coisa.

— Você não tá legal, André — disse Rafael. Em seguida olhou para o amigo ao lado. — Olha só como ele tá pálido. É melhor a gente avisar o professor.

O professor de Matemática veio até o fundo da classe, assim que o chamaram. Colocou a mão em seu aluno. Ele estava gelado, transpirando frio.

— O que você está sentindo, André?

Ele foi respondendo, devagar.

— Tontura, enjoo, uma palpitação...

— Vamos — o professor disse aos garotos que estavam ao seu lado, já segurando André em um dos braços. — Ajudem-me aqui. É melhor avisar o diretor e alguém levar o André para o hospital.

André não reclamou. Não tinha nem condições de reclamar. Estava mal mesmo. Achou que até pior do que da outra vez.

Os alunos começaram a se levantar dos lugares para ver o que é que estava acontecendo com André. O professor pediu para se afastarem. Clara olhou para Eduardo, preocupada.

— O que será que deu nele, Edu?

Eduardo só balançou a cabeça. Estava preocupado também. Todos estavam.

Um inspetor de alunos se ofereceu para levá-lo em seu carro. O professor concordou e voltou para a classe.

155

Antes, ajudou a ajeitar André no banco. O inspetor deu a partida e saiu rápido.

Chegaram ao pronto-socorro do hospital e o médico que o atendeu mediu sua pressão. Estava alta, dezoito por doze. Depois de medicado, ele disse ao inspetor de alunos que André ia ter que ficar em observação até sua pressão baixar e que seria preciso investigar os motivos desse quadro de hipertensão.

O inspetor ficou aguardando na sala de espera. Ligou para a escola e informou o que estava acontecendo. O diretor disse que já tinha comunicado o ocorrido aos pais de André e que eles estavam a caminho do hospital. Iam chegar logo, logo.

André já estava começando a se sentir um pouco melhor. O remédio que o médico tinha lhe dado começava a fazer efeito. O médico, ao seu lado, mostrava cara de quem queria perguntar alguma coisa. André ficou esperando para ver o que é que ele queria saber.

— Você conhece algum caso de pressão alta na sua família, André?

— Não — ele respondeu.

— Tem certeza? Seu pai, sua mãe...

André balançou a cabeça.

— Tenho.

— E você se lembra de ter tido algum problema de infecção de rim na infância? Uma nefrite malcurada pode acarretar isso tudo que está acontecendo com você agora.

— Não, doutor. Não tive nenhum problema, não.

— Você está fazendo uso de alguma droga, André?

— Eu? Eu, não!

— Olha, André, quando uma pessoa jovem como você me diz que nunca teve problemas antes e que agora, de uma hora para outra, começa a sentir esses picos de hipertensão... Isso é grave, André.

André foi taxativo:

— Mas eu não sei o motivo, doutor.

O médico ficou em silêncio por alguns instantes. André também. Ele não queria estar ali, sofrendo aquele interrogatório todo. Não via a hora de ir embora.

— Eu estou vendo que você é bastante musculoso... — O médico retomou a conversa. — Por acaso você não anda fazendo uso de anabolizantes, não?

— Eu, não! — André respondeu, rapidamente.

— André, confie em mim. O que você me contar vai ficar apenas entre nós. Se você não me disser a verdade, você corre risco de vida!

André ficou quieto. O médico continuou:

— De qualquer forma, se você não puder me adiantar nada mesmo, nós vamos ter que fazer alguns exames em você para tentar descobrir o que é que está acontecendo.

André continuou calado.

— Se você me falar, vai me fazer ganhar um bocado de tempo.

André foi se sentindo cada vez mais acuado. O médico não estava lhe deixando nenhuma saída. Não ia conseguir mentir por muito tempo mais, logo percebeu.

André pressentia que todo o seu sonho de tornar-se um homem forte, belo, escultural estava indo por água abaixo. Sentiu-se triste.

— Estou usando, sim, doutor. Já faz alguns meses.

— Se você continuar usando, André, você pode morrer. Tudo bem que fazer musculação é legal, deixa o corpo mais bonito... mas sem essas drogas, André.

André tentou se explicar:

— Eu não estava tendo o resultado que eu esperava...

Mas o médico nem o deixou terminar:

— E você quer esses resultados a troco de sua própria vida?

— Eu não pensei...

— Sabe, André, o que acontece é o seguinte: essas drogas todas são vendidas no mercado negro, sem receita médica, nada. Você toma a dose que acha que deve, não tem noção se é muito ou pouco. Um amigo fala para o outro que toma isso ou aquilo. Você percebe como é perigoso? Seu professor da academia não o alertou sobre isso?

O Carlos. Lembrou-se dele na mesma hora. Claro que ele o tinha alertado. Mas André não chegara a dar ouvidos. Sempre achou o Carlos meio sistemático, achou que era exagero dele, que era meio neurótico com essas coisas de bombas.

Poxa! O Marcelo usava, uma porção de amigos que fizera na academia nova também usava! O novo professor fazia vista grossa, nem se importava. Marcelo lhe dissera uma vez que, antes de mudar para a academia do Carlos, era a própria academia que frequentava que lhe vendia as drogas. Depois ela fechou e ele teve que procurar outro lugar. Não foi tão difícil descobrir uma farmácia que trabalhasse no mercado negro.

— Fora esses problemas que você está tendo, André — o médico continuou falando —, com o tempo você poderá ter ainda outros, que vão desde o aparecimento de acne, calvície, insônia, agressividade, limitação do crescimento, aumento do colesterol, desenvolvimento excessivo dos mamilos, problemas com o fígado e até mesmo impotência e esterilidade. Isso, se algum deles já não tiver se manifestado, como foi o caso da hipertensão. Você já pensou, André? No auge de sua juventude perder o interesse sexual?

Claro que André achou que isso seria péssimo. O médico tinha razão. Pois se tudo o que ele fazia era para ficar bonito, para ser elogiado pelas garotas, de que adiantaria se perdesse o seu interesse por elas?

Ficou pensativo durante alguns instantes. De repente, fez-se uma pergunta: Tudo o que fazia era por causa das meninas mesmo? Ou era por sua própria causa? Porque gostava de ver no espelho um corpo escultural, delineado e moldado como se fosse uma daquelas obras de arte que o seu professor mostrava nos livros? Aqueles corpos frios, sem vida, mas tão bem esculpidos, tão bem trabalhados pelas mãos do artista e, principalmente, tão profundamente belos!

Seria ele um Narciso a ponto de também se apaixonar pela própria imagem e, tal qual o personagem grego, chegar a morrer por ela?

Como se o médico pudesse pressentir tudo o que se passava pela sua cabeça, disse-lhe:

— Nós não somos só corpo, André. Nós somos seres humanos que têm desejos, alegrias, frustrações. Nós nos utilizamos do corpo para sentirmos tudo isso, por isso ele é tão precioso e merece todo o nosso cuidado.

André balançou a cabeça.

— O senhor tem razão.

— O inspetor de alunos da sua escola me disse que seus pais estão vindo para cá. Nós vamos ter que conversar com eles.

André gelou.

— É melhor abrir o jogo, André. Eu não posso esconder isso de seus pais. Mas não se preocupe, nenhum de seus amigos da escola precisa ficar sabendo se você não quiser. Será um segredo nosso, tá bom?

 O TEXTO

No dia seguinte, assim que André pôs os pés na classe, todos vieram perguntar como ele estava.

— Eu estou bem, tive só um problema de pressão alta.

— Puxa, André! — falou Priscila. — Que susto que você deu na gente!

— Foi só um susto mesmo, Priscila. Tá tudo bem agora. O médico disse que é só eu me cuidar. — Demorou um pouco e continuou. — E é isso o que eu vou fazer. Pode ter certeza.

A aula começou. O professor José trouxe uma reportagem para ser lida e discutida pela classe. O texto dizia que os casos de pessoas com problemas de anorexia e bulimia cresciam muito nos países desenvolvidos e até mesmo nos subdesenvolvidos. Em países pobres, onde impera a miséria e a falta de comida, esses problemas inexistiam, essas doenças eram próprias da cultura do excesso, do consumismo.

Pesquisas tinham sido feitas e mostravam o alto índice de meninas, principalmente, com grandes indícios de subnutrição. Tudo por causa de um desejo, uma vontade incontrolável de sentir-se magra, de seguir os padrões, seguir a ditadura da moda.

André sempre se perguntava por que é que o professor não lhe mandava fazer pesquisas sobre o corpo, já que havia tantas revistas em sua casa.

Só agora compreendia que nas revistas que tinha não ia conseguir pesquisar nada do que o professor estava propondo. A não ser que ele quisesse falar sobre musculação, abdominais e outras coisas do gênero. Mas, claro, não era essa a sua intenção. Talvez fosse

hora de começar a mudar as suas leituras. Tinha muito a descobrir, principalmente que as pessoas não eram só músculos.

Depois de lido o texto, o professor perguntou se alguém gostaria de comentar alguma coisa, antes de se organizarem em grupos para dar início ao trabalho.

Uma pessoa queria. E ela começou:

— Acho que o que a gente precisa é parar para refletir sobre a obsessão das pessoas em ter um corpo perfeito. Para quê? Por que o cuidado com a beleza chegou a tal ponto que tenha de se tornar um perigo? Por que se submeter às regras de beleza ditadas por pessoas que têm interesses próprios nisso, que saem ganhando com esse comportamento, ganhando muito dinheiro à custa dessas pobres pessoas, que acabam se tornando escravas disso tudo?

Todos olharam para ela. Até Priscila olhou. E Clara falava do mesmo jeito de sempre, sabendo bem o que dizia, colocando para fora o que pensava, independentemente de estar falando o que as pessoas queriam ou não ouvir.

Para ela, era simples. Não tinha que se submeter a regras que não lhe serviam para nada. Tinha consciência de que isso não lhe traria a felicidade. Não a verdadeira felicidade.

E ela continuou falando:

— Somos felizes quando nos aceitamos do jeito que somos. Ninguém tem que ser igual a ninguém, temos que ver a beleza justamente nas diferenças. Não é preciso seguir um padrão. — Ela deu uma pausa, depois completou: — Somos belos quando nos amamos, quando acreditamos que somos capazes, quando somos felizes com o que somos. É isso que faz nos sentirmos belos de verdade. É essa a verdadeira beleza do ser humano.

Eduardo só não se levantou do lugar para beijá-la porque achou que ia levar uma bronca do professor. Mas estava louco para fazer isso lá fora, quando estivessem sozinhos ou quando estivessem no meio de todo o mundo. Não importava. Amava Clara, o seu jeito de ser e de encarar a vida, as pessoas. Sentia muito orgulho em ser seu namorado.

A classe continuava em silêncio. O professor ia falar alguma coisa quando uma voz o interrompeu.

— A Clara tem razão.

Todos olharam para Priscila. Clara também.

— De nada adiantam os músculos, o corpo maravilhoso, se não levarmos em conta o que nós somos na realidade. Quem nós somos, o que nós queremos, o que buscamos... — Priscila deu uma parada. Todos estavam com o olhar fixo nela. — Acho que é isso.

Priscila respirou fundo quando acabou de falar. Soltou todo o ar de uma vez. Era como se tirasse um peso dos seus ombros. O peso de querer, a qualquer custo, tornar-se o que não era. Chega. Não queria mais ficar parecida com ninguém. Queria, de agora em diante, ser ela mesma. E, o mais importante, gostar dela mesma.

Clara sentiu-se feliz em ouvir isso. De verdade. Podia sentir que ela não era mais a mesma Priscila que tinha chamado de vazia tempos atrás. Ela estava mudando.

"Que bom para ela!", pensou Clara.

O professor José estava falando com a classe. O assunto tinha esquentado, muita gente queria falar e dar a sua opinião.

Priscila não ouvia direito, estava com o pensamento longe. Priscila estava orgulhosa de si mesma.

Ela procurou Felipe com os olhos. Ele olhava para ela. Parecia que também não estava prestando muita atenção na discussão. Priscila deu um sorriso todo afetuoso. Ele tentava lhe falar alguma coisa, mexendo a boca devagar, para que ela entendesse o que ele queria lhe dizer.

Priscila franziu as sobrancelhas, balançando a cabeça ao mesmo tempo. Não estava entendendo nada.

O sinal para a outra aula tocou. O professor José saiu da classe e Felipe levantou-se do seu lugar para ir falar com Priscila. Ele chegou em sua carteira e se agachou para olhá-la de frente, uma vez que ela continuava sentada.

— Não entendi nada do que você estava falando, Felipe! — Priscila foi logo dizendo, um sorriso lindo, envolto num rosto sereno, em paz.

Felipe a olhou com amor e repetiu:

— Você é linda. De corpo e alma.

Fui uma adolescente magra. Mas não pense que eu gostava disso. Não. Fazia de tudo para parecer mais gorda e até que eu conhecia uns bons truques.

Talvez, se eu fosse uma adolescente hoje, não pensasse assim. Quem sabe até gostasse de ser tão magra.

O que faz então o padrão de beleza mudar de tempos em tempos? O que faz uma pessoa gostar ou não do corpo que tem? A resposta não pode deixar de ser outra: a moda.

Enquanto na minha época de adolescente a moda se restringia apenas às roupas, calçados, cortes de cabelo etc., hoje a moda chegou a um patamar mais perigoso: a moda de ser, a todo custo e independentemente de seu biótipo, esbelto. Magro. Magérrimo, eu diria. Coisa que, como eu já disse, achava horrível.

Fico observando as adolescentes hoje e vejo que raras são as que não se preocupam se estão "gordas". Não, leitores, eu não estou me referindo àquelas que realmente, por causa de uma série de fatores genéticos ou alimentares, estão acima do peso. Não. Estou falando daquelas que já estão dentro do que os médicos consideram um bom peso e acham, acreditam, enxergam que não estão. Só se alimentam de produtos *diet*, ficam a todo momento checando se engordaram, perguntando para os outros, malhando a qualquer hora.

Por quê? A resposta ainda é a mesma: a moda.

Uma moda que dita como você deve ser, porque ela quer vender seus produtos de beleza, seus aparelhos mágicos, suas roupas que julgam ser as mais transadas, seus programas de ginástica mais perfeitos, a cirurgia plástica mais milagrosa.

Uma infinidade de pessoas sustenta todas essas empresas da moda que ganham sempre, mesmo se a garota ou o garoto (que também tem que ser o mais sarado, é claro) esteja sofrendo para chegar a ser assim, esteja deprimido e infeliz por se projetar em algum corpo que não tem e, talvez, nunca terá devido à sua estrutura física.

Um dia, eu estava em um supermercado e ouvi, atrás de mim, a seguinte conversa entre três adolescentes:

Quero ser BELO

TÂNIA ALEXANDRE MARTINELLI

Apreciando a Leitura

■ **Bate-papo inicial**

Priscila é uma garota descolada, uma verdadeira gata. André é um cara saudável, bonito e bem disposto. Mas as atitudes dos dois, suas opiniões sobre o mundo que os cerca e as prioridades em suas vidas estão distanciando-os de um belo destino...

Obcecados pela beleza física, pelo corpo perfeito, eles estão seguindo um desvio em seu caminho natural; um desvio que pode não ter retorno.

Conheça as consequências que um comportamento obsessivo como esse pode ter e descubra como a amizade, o respeito e o amor entre as pessoas podem redirecionar uma vida.

■ Analisando o texto

1. Qual a grande surpresa que a turma de Edu, Maiara e Priscila teve no retorno às aulas do segundo semestre?

R.:

2. A excursão de Biologia para a Estação Ecológica Jureia-Itatins foi mais do que ansiosamente aguardada pelos alunos. Praia, mato, a companhia dos colegas, apenas dois professores e nada mais... À noite, na praia, em volta da fogueira, Clara e Edu trocaram olhares que teriam grandes consequências no futuro. O que lhes disseram esses olhares?

R.:

3. André vivia se exercitando na academia, pois se achava muito magricela. Porém, os aparelhos de musculação passaram a dar resultados considerados muito lentos para suas expectativas. Que iniciativa teve ele para ver seus anseios alcançados?

R.:

4. Priscila tinha como objetivo maior em sua vida ser tão bela como a famosa modelo Giuliana Fontes. Para alcançá-lo, passou a fazer regime por conta própria: não tomava mais café da manhã, não se alimentava mais direito... Quais foram as consequências dessas atitudes?

R.:

■ Redigindo

5. "As férias tinham terminado há poucos dias e todos queriam que elas se estendessem por mais um tempo.
Só que também havia os reencontros, a saudade dos amigos que já ia ficando para trás, a montanha de novidades para contar..."
Toda volta às aulas é mais ou menos assim, não é? Mas o que dizer das férias?

Como você aproveitou as suas últimas férias? O que você espera das próximas? Para onde você gostaria de ir? Escreva um relato de viagem dizendo como seriam suas férias ideais.

6. Em certo momento, Edu diz:

"— (...) Você já imaginou, Clara, o tamanho do nosso país, o tanto de floresta onde ninguém nem pisou ainda ... A gente tem tanta coisa bonita para descobrir no Brasil...."

Aproveitando a deixa dada por Edu, faça de conta que você trabalha para uma empresa de turismo e elabore um roteiro de viagens pelo Brasil. Escolha livremente os lugares a serem visitados, mas explique as razões de eles estarem em seu roteiro. Pode ser uma região que ninguém conheça, só você. Procure obter fotos dos locais escolhidos para montar um folheto publicitário bem atraente.

Pesquisando

7. Leia estes trechos que descrevem alguns comportamentos do garoto André:

"Todos sabiam que a única coisa que fazia a sua cabeça e que os olhos se demoravam um pouco mais a admirar era a sua própria imagem refletida no espelho."

"Seria ele um Narciso a ponto de também se apaixonar pela própria imagem e, tal qual o personagem grego, chegar a morrer por ela?"

Nos dois fragmentos do livro, a autora compara André com o célebre personagem da mitologia grega Narciso, que, por ter vaidade demais, apaixonou-se por seu próprio reflexo na lagoa e atirou-se na água para nunca mais voltar. A origem da palavra *narcisista*, que significa ser extremamente vaidoso, está nesta famosa história da Grécia Antiga. Muitos livros, revistas, enciclopédias e *sites* na Internet contam de maneiras variadas o mito de Narciso. Pesquise sobre esse mito, apresentando o resultado de sua pesquisa aos colegas.

8. Obcecado por ter um corpo perfeito, André impacientou-se com simples exercícios e foi buscar nos anabolizantes melhores resultados para seus músculos. Essas substâncias têm como objetivo aumentar a massa muscular de quem as usa; porém, são responsáveis por efeitos colaterais prejudiciais à saúde: podem alterar o funcionamento do coração, do sistema respiratório, dos rins, causar impotência sexual e

Para qualquer comunicação sobre a obra, entre em contato:
SARAIVA Educação S.A.
Avenida das Nações Unidas, 7221 – Pinheiros
CEP 05425-902 – São Paulo – SP – Tel.: (0xx11) 4003-3061
www.editorasaraiva.com.br
atendimento@aticascipione.com.br

Escola: ─────────────────────────────
Nome: ──────────────────────────────
────────────────────────────────────
Ano: ─────────── Número: ────────────

Você acha que a natureza tem realmente esse poder relaxante? Qual a sua receita para relaxar e encontrar o equilíbrio?

R.:

17. "Era por isso que ficava sempre pensando: ser bonito, não ser bonito... Cada um acha uma coisa, vê de um jeito, independentemente de você querer impor ou não o seu pensamento."
Que opiniões você tem a respeito dessa colocação de Clara? Você concorda que a beleza é relativa?

R.:

■ Trabalho interdisciplinar

18. Priscila, buscando uma beleza que não era própria dela, abdicou das boas refeições e dos alimentos, pensando que eles eram os vilões que "corrompiam" o seu corpo. Mas ela estava errada, pois os alimentos são a maior e a melhor fonte de saúde e beleza que existe.
Você sabe reconhecer a importância deles para sua vida? Como os alimentos são utilizados pelo seu corpo? Quais os diferentes tipos de alimentos de que nosso corpo necessita para ser saudável? Como equilibrar e balancear uma refeição?
Com a ajuda de seu professor de Ciências, procure descobrir as respostas para essas questões. Com as informações que obtiver, elabore um cardápio que represente uma alimentação saudável, equilibrada e diversificada. Na Internet existem muitos sites sobre alimentação, nutrição e saúde. Eis uma sugestão para a sua pesquisa:
Vigilantes do Peso:
www.vigilantesdopeso.com.br
Bom apetite, ops, bom trabalho!

muitos outros problemas, além de provocar a morte em casos extremos. Para aprender mais sobre os anabolizantes e os danos que eles causam, pesquise em livros, revistas, enciclopédias e na Internet. Se possível, entreviste um instrutor de Educação Física que trabalhe em academia.

9. A classe de Clara, Edu e Priscila fez uma gostosa viagem para conhecer a Estação Ecológica Jureia-Itatins. Esse refúgio da natureza existe de verdade, está localizado no litoral sul do Estado de São Paulo e é um dos últimos locais onde podemos encontrar a Mata Atlântica em seu estado natural. Pesquise sobre o assunto. Há outras estações ecológicas no Brasil? Quais?

10. A turma de Clara e Eduardo vivia fazendo pesquisas para seus professores. Edu adorou pesquisar a respeito da preservação do meio ambiente: ele adorava a Amazônia. André, por sua vez, se perguntava por que não pediam que pesquisassem sobre músculos e exercícios físicos, seus assuntos preferidos.
Pois bem, como é muito difícil agradar todo mundo, você poderá escolher o tema de sua pesquisa. Encontre um assunto interessante e procure em revistas, enciclopédias, livros e na Internet materiais para incrementar sua pesquisa. Reúna as informações que você obteve e apresente o resultado de seu trabalho para a classe.

11. "Celso continuou falando, agora sobre tudo que se passava pelo caminho. E era um caminho muito bonito, onde se viam muitas samambaias, ipês, orquídeas, bromélias, jequitibás, manguezais e restingas. Um verdadeiro santuário, como já lhe tinha alertado o professor José."

Em sua excursão anual, os alunos do Colégio Dom Olivatto tiveram o privilégio de visitar e conhecer a Mata Atlântica, um dos mais ricos e belos biomas do Brasil. No trecho acima, você tem alguns poucos exemplos da diversificada flora da Mata Atlântica. Você saberia dizer quantas espécies animais e vegetais abriga a Mata Atlântica?

Para aumentar seu conhecimento sobre a fauna e flora da Mata Atlântica, consulte enciclopédias, livros de Biologia e Geografia, revistas e *sites* da Internet. Apresente os resultados de sua pesquisa para a classe.

Refletindo

12. Leia esta frase, dita por Clara:

"— A beleza não é a coisa mais importante no mundo."

Clara tinha prioridades em sua vida diferentes das de Priscila e André, que buscavam a perfeição física acima de tudo. Você também deve ter as suas próprias prioridades. Quais são elas? Por que elas são prioridades para você?

R.:

13. Releia este trecho:

"— Mas hoje em dia as pessoas estão cada vez mais querendo se sentir parte da natureza, Priscila! E não é isso que somos? Parte da natureza?

Priscila, incrédula, balançou a cabeça para um lado e para outro. Depois, concluiu, cheia de razão:

— Eu não concordo com nada disso. A natureza, o meio ambiente, é uma coisa, nós somos outra."

Como podemos notar, Edu e Priscila tinham opiniões divergentes a respeito do ser humano e de sua relação com a natureza. Quem você acha que tem mais razão? Você acha que o ser humano realmente faz parte da natureza? Qual a sua opinião sobre as relações do homem com a natureza?

R.:

14. Releia este pequeno trecho do livro:

"Eduardo a beijou com paixão também, deixando-se levar por aquele clima. Era difícil falar alguma coisa numa hora daquelas. Ia falar o quê? Que não a amava? Não queria magoá-la. Mas também não achava justo ficar com ela só por pena."

Você pode perceber que Edu estava vivendo um dilema: ficar com Priscila, como aconselhavam seus colegas (afinal ela era uma gata), ou deixá-la de lado, pois não a amava de verdade. O que você faria se estivesse no lugar de Eduardo? Quando realmente vale a pena ficar com alguém?

R.:

15. Analise a conversa de Felipe, João e Edu a respeito do comportamento de Edu em relação a Clara:

"— O Edu agora deu pra ficar falando na Clara.
— Não vá querer ficar a fim dela, né, Edu? — falou João — A Clara não tem nada a ver com você. Não combina."

Você concorda que as pessoas podem não combinar umas com as outras? Por quê? Se você concorda, o que uma pessoa deve ter para combinar com você?

R.:

16. Leia este pequeno trecho do livro que descreve uma das qualidades da reserva de Jureia-Itatins e de todas as áreas naturais bem preservadas:

"Às vezes, pessoas com uma rotina estressante na cidade, vindo para um lugar assim, voltavam depois mais calmas e equilibradas."

— Qual bolacha você vai querer?

— Não sei…

— Pegue esta aqui, é uma delícia!

— E você? — uma delas perguntou à terceira garota, que, até então, apenas observava as duas amigas escolhendo. — Qual vai escolher?

— Eu? Não vou escolher nenhuma. Estou de regime. Nem pensar em comer essas coisas!

— Mas você não precisa de regime! — disse a primeira amiga.

— Você já é magra! — disse a segunda.

— Claro que preciso! — ela respondeu. — Estou muito gorda, tenho que emagrecer.

Nessa hora eu olhei para trás. Não resisti. Queria confirmar o que eu já estava pensando.

Realmente, a ditadura da moda pode muita coisa. Ela mexe com os hábitos, com a cabeça das pessoas, impõe regras e dita os limites.

Para encerrar, duas coisas. Uma delas é a mesma pergunta que aparece em um determinado momento do livro e refere-se à obsessão da personagem em querer emagrecer: Mudar para quem? Mudar para quê?.

A outra, um recadinho meu a todas as meninas e meninos: amem-se. É o que basta.

Um grande beijo.

Sobre o ilustrador:

*M*arcelo Martins desenha, como muitos, desde criança, mas nunca estudou arte. Estudava Economia na USP quando foi convidado a estagiar numa agência de publicidade. Acabou se formando em Publicidade pela ESPM e trabalhou exclusivamente com propaganda e arte por oito anos. Durante esse período, surgiu a oportunidade de fazer histórias em quadrinhos para o exterior e, com ela, muitas outras portas se abriram. Desde então, a arte ocupa um papel definitivo em sua vida, principalmente como forma de expressão e realização.

COLEÇÃO JABUTI

Adeus, escola ▼◆🗐⊠
Amazônia
Anjos do mar
Aprendendo a viver ◆⌘■
Aqui dentro há um longe imenso
Artista na ponte num dia de chuva e
   neblina, O ✳★⊕
Aventura na França
Awankana ✎☆⊕
Baleias não dizem adeus ✳🗐⊕○
Bilhetinhos ✪
Blog da Marina, O ⊕✎
Boa de garfo e outros contos ◆✎⌘⊕
Bonequeiro de sucata, O
Borboletas na chuva
Botão grená, O ▼✎
Braçoabraço ▼🗗
Caderno de segredos 🗖◎✎🗐⊕○
Carrego no peito
Carta do pirata francês, A ✎
Casa de Hans Kunst, A
Cavaleiro das palavras, O ★
Cérbero, o navio do inferno 🗖⊠⊕
Charadas para qualquer Sherlock
Chico, Edu e o nono ano
Clube dos Leitores de Histórias Tristes ✎
Com o coração do outro lado do mundo ■
Conquista da vida, A
Da matéria dos sonhos 🗖⊠⊕
De Paris, com amor 🗖◎★🗖⊠⊠⊕
De sonhar também se vive...
Debaixo da ingazeira da praça
Desafio nas missões
Desafios do rebelde, Os
Desprezados F. C.
Deusa da minha rua, A 🗖⊕○
Devezenquandário de Leila Rosa Canguçu ✈
Dúvidas, segredos e descobertas
É tudo mentira
Enigma dos chimpanzés, O
Enquanto meu amor não vem ●✎⊕
Escandaloso teatro das virtudes, O ✈☺

Espelho maldito ▼✎⌘
Estava nascendo o dia em que
   conheceriam o mar
Estranho doutor Pimenta, O
Face oculta, A
Fantasmas ⊕
Fantasmas da rua do Canto, Os ✎
Firme como boia ▼⊕○
Florestania ✎
Furo de reportagem 🗖✪◎🗖🗗⊕
Futuro feito à mão
Goleiro Leleta, O ▲
Guerra das sabidas contra os atletas
   vagais, A ✎
Hipergame ⌖🗖⊕
História de Lalo, A ⌘
Histórias do mundo que se foi ▲✎✪
Homem que não teimava, O ◎🗖✪🗗○
Ilhados
Ingênuo? Nem tanto...
Jeitão da turma, O ✎○
Lelé da Cuca, detetive especial ⊠✪
Leo na corda bamba
Lia e o sétimo ano ✎■
Luana Carranca
Machado e Juca †▼●☞⊠⊕
Mágica para cegos
Mariana e o lobo Mall 🗖⊕
Márika e o oitavo ano ■
Marília, mar e ilha 🗐☜✎
Matéria de delicadeza ✎☞⊕
Melhores dias virão
Memórias mal-assombradas de um fan-
   tasma canhoto
Menino e o mar, O ✎
Miguel e o sexto ano ✎
Miopia e outros contos insólitos
Mistério mora ao lado, O ▼✪
Mochila, A
Motorista que contava assustadoras
   histórias de amor, O ▼● 🗐⊕
Na mesma sintonia ⊕■
Na trilha do mamute ■✎☞⊕
Não se esqueçam da rosa ♠⊕
Nos passos da dança

Oh, Coração!
Passado nas mãos de Sandra, O
   ▼◎⊕○
Perseguição
Porta a porta ■🗐🗖◎✎⌘⊕
Porta do meu coração, A ◆🗗
Primeiro amor
Quero ser belo ⊠
Redes solidárias ◎▲🗖✎🗗⊕
Reportagem mortal
romeu@julieta.com.br 🗖🗐⌘⊕
Rua 46 †🗖◎⌘⊕
Sabor de vitória 🗐⊕○
Sambas dos corações partidos, Os
Savanas
Segredo de Estado ■☞
Sete casos do detetive Xulé ■
Só entre nós – Abelardo e Heloísa 🗐■
Só não venha de calça branca
Sofia e outros contos ☺
Sol é testemunha, O
Sorveteria, A
Surpresas da vida
Táli ☺
Tanto faz
Tenemit, a flor de lótus
Tigre na caverna, O
Triângulo de fogo
Última flor de abril, A
Um anarquista no sótão
Um dia de matar! ●
Um e-mail em vermelho
Um sopro de esperança
Um trem para outro (?) mundo ✖
Uma trama perfeita
U'Yara, rainha amazona
Vampíria
Vida no escuro, A
Viva a poesia viva ●🗖◎✎🗖⊕○
Viver melhor 🗖◎⊕
Vô, cadê você?
Zero a zero

★ Prêmio Altamente Recomendável da FNLIJ
☆ Prêmio Jabuti
✳ Prêmio "João-de-Barro" (MG)
▲ Prêmio Adolfo Aizen - UBE
☜ Premiado na Bienal Nestlé de Literatura
   Brasileira
☞ Premiado na França e na Espanha
☺ Finalista do Prêmio Jabuti
♠ Recomendado pela FNLIJ
✖ Fundo Municipal de Educação - Petrópolis/RJ
✪ Fundação Luís Eduardo Magalhães

● CONAE-SP
⊕ Salão Capixaba-ES
▼ Secretaria Municipal de Educação (RJ)
■ Departamento de Bibliotecas Infantojuve-
   nis da Secretaria Municipal da Cultura/SP
✎ Programa Uma Biblioteca em cada Município
🗖 Programa Cantinho de Leitura (GO)
♠ Secretaria de Educação de MG/EJA - Ensino
   Fundamental
☞ Acervo Básico da FNLIJ
✈ Selecionado pela FNLIJ para a Feira de
   Bolonha

✎ Programa Nacional do Livro Didático
🗖 Programa Bibliotecas Escolares (MG)
⌖ Programa Nacional de Salas de Leitura
🗐 Programa Cantinho de Leitura (MG)
◎ Programa de Bibliotecas das Escolas
   Estaduais (GO)
† Programa Biblioteca do Ensino Médio (PF
⌘ Secretaria Municipal de Educação/SP
⊠ Programa "Fome de Saber", da Faap (SP
🗗 Secretaria de Educação e Cultura da Bahi:
○ Secretaria de Educação e Cultura de Vitór